El gato tuerto

Un caso judicial

El gato tuerto

Un caso judicial

MANUEL AVILÉS

ALREVÉS
BARCELONA-2022

Primera edición: octubre del 2022

Para Josep Forment, siempre con nosotros

Publicado por:
EDITORIAL ALREVÉS, S.L.
C/ València, 241, 4.º
08007 Barcelona
info@alreveseditorial.com
www.alreveseditorial.com

Printed in Spain
ISBN: 978-84-18584-90-9
Código IBIC: BTC
DL B 17002-2022

FSC
www.fsc.org
MIX
Paper from responsible sources
FSC® C146635

Impresión:
QPprint

NOTA DEL AUTOR

Este libro no es un documento jurídico ni un estudio sobre derecho penal o procesal, sobre psicología o criminología. No es un recurso ante ninguna instancia judicial, ni siquiera una crítica amarga contra jueces y tribunales, contra abogados o contra cualquier movimiento social. Tampoco es una invectiva contra testigos o víctimas. Este libro es una novela, documentada a conciencia, pero una novela, en definitiva. La historia, en primera persona, de una mujer buena, que no forma parte del procedimiento, enamorada, humillada, indefensa y machacada por una realidad que la golpea sin esperarlo y contra la que poco puede hacer.

Nos hundimos en un mar de indefensión.

TARIQ ALI,
A la sombra del granado

La memoria es extraña, tramposa, manipuladora.
A la mentira le gusta disfrazarse de realidad...
Rescatamos un recuerdo y lo vamos moldeando a nuestro gusto hasta que nos muestra una parte de lo que quisiéramos que hubiera ocurrido.

LORENA FRANCO,
El lugar donde fuimos felices

Dejo resbalar mansamente las lágrimas, sin freno y sin luchar por evitarlas porque, en el fondo, son la única posibilidad que tengo para intentar tranquilizarme, el único alivio ante lo que se me viene encima sin remedio. Bueno…, no se me viene nada encima, ya ha venido, está aquí y me ha aplastado. La lucha que hemos mantenido, peleando hasta la extenuación, ha sido inútil. No hay nada que hacer, la Justicia —¿existe la Justicia?, me pregunto para mis adentros una y otra vez— se ha pronunciado y la sentencia es firme. No la mueve ni Dios, o eso es lo que me dicen.

En silencio, no quiero que los niños me oigan ni me vean sufrir, preparo una bolsa de deporte con cuatro cosas indispensables, que me ha dicho con claridad mi abogado que lleve. Claridad, la misma que no ha tenido él para defender la verdad en el juicio, y es que creo que lo podría haber hecho mucho mejor. Los contrarios sí han ido al degüello y se han salido con la suya. En fin, no quiero echarle la culpa al abogado, él habrá intentado hacerlo lo mejor posible, pero… no le ha salido nada bien, la verdad, sus argumentos no han brillado.

En la cárcel se terminan las florituras y la ropa elegante que yo me he encargado de comprarle desde que nos casamos y se vino a España conmigo: los trajes, las cenas y los paseos románticos, los juegos con los hijos, las noches de confidencias, de caricias y de amor. ¿Son posibles esas noches después de lo que ha pasado?, ¿después de la tragedia que ha destrozado varias vidas, la mía la primera? ¿Es posible querer igual a quien sabes que te la ha jugado de esa forma? No hablo ya de que la cárcel, en este caso, sea injusta, que creo que lo es, sino de la traición de que yo he sido objeto por una persona a la que le he entregado todo.

Dice el abogado que meta en la bolsa solo un par de mudas, dos pantalones, unas camisetas y un chándal. Zapatillas de deporte sencillas y una prenda de abrigo, sin lujos, que una de las claves en el encierro es no llamar la atención ni ir de ricachón o de tipo bien situado. La envidia es muy mala en todos sitios y, en la cárcel, mucho más. Dice también el letrado —ya podía haber estado tan espabilado para defender a Alberto de la infamia de que ha sido víctima— que allí le darán una bolsa con útiles elementales de aseo, que no le ponga en el equipaje nada de colonias ni desodorantes, porque todo lo que contenga alcohol está terminantemente prohibido, y los tubos de pasta de dientes, los de crema hidratante y demás afeites también los prohíben y no pueden entrar desde fuera. Parece que algunos presos utilizan esos envoltorios de uso tan común en la calle para introducir droga y otras aberraciones. Dicen que si llevas colonia los presos se hacen con ella cubalibres. ¡Mierda! Cuba libre. Más libre, con todo el golpe de pobreza y de dictadura, era Alberto en Cuba que aquí en España.

Tampoco puede llevar móvil. Nos alejan, nos separan inevitablemente. ¿Cómo hemos podido llegar a esto? ¿Dónde está la Justicia? Todo lo que era nuestra vida diaria y feliz se ha derrumbado sin remedio como una casa precaria un día de vendaval. No quiero perder el respeto a la Justicia, escrito así, con mayúscula, la Justicia esencial para el mantenimiento del sistema, imprescindible en el

Estado de derecho, influenciada por las olas políticas que propician los grupos de presión perfectamente organizados y hasta subvencionados y protegidos por ese Estado que vela por nosotros. ¿Vela por todos? ¿Seguro que no hay unos con más derechos que otros? ¿No se puede criticar a la Justicia en el siglo XXI? ¿Vivimos aún en épocas inquisitoriales? ¿Me van a meter también a mí en la cárcel lo mismo que a mi marido? ¿De qué me van a acusar?

Tengo que mantenerme entera. Nadie se explica cómo puedo seguir queriendo a Alberto después de lo que ha pasado o de lo que dicen que ha pasado. También están los niños. Ellos son esenciales. Tengo que ser fuerte. No me queda más remedio.

Mi hermano ha venido desde Madrid para acompañarme en este amargo trago en los comienzos malditos de este mes de marzo. Es importante su compañía, pero nada me cura la desazón, la tristeza, el enorme desamparo en que estoy sumida. También ha venido Míriam Carolina —por esa extraña manía de algunos padres de poner nombres compuestos y complicados a los hijos—, compañera y amiga que da clases de inglés conmigo y siempre está ahí.

He dejado a los niños en el colegio, mi colegio, fuente de tantas alegrías y escenario en el que ha tenido lugar la enorme pena que me embarga. La noticia ha salido en la prensa hace unos días. Ellos dicen que tienen la obligación de informar, pero aquí influye grandemente el morbo. La gente no quiere noticias neutras, la gente quiere carnaza y eso es lo que vende. Al salir al patio, al recreo de la mañana, a mi hijo, un niño de la ESO le soltó de sopetón:

—Tu padre va a ir a la cárcel porque es un violador.

¡Pobrecito mío! Llegó paralizado a casa, con la cara demudada como si acabara de ver al mismísimo diablo.

Su padre y yo intentamos unos inútiles paños calientes que, creo, no han servido de nada porque son unos niños muy listos y se dan cuenta de todo antes de que se lo digamos nosotros.

—Hijos —dijimos su padre y yo casi al unísono, intentando parecer tranquilos y como sin darle demasiada credibilidad al gravísimo asunto—, ha habido un problema importante en el colegio, en la piscina. Unas trabajadoras han denunciado a papá, pero seguro que podremos demostrar la verdad en el juicio, porque papá no ha hecho nada de lo que tenga que avergonzarse.

Esa fue, más o menos, la conversación, y ellos, en silencio, pero grandes observadores desde el día en que aquel niño le dijo al nuestro que su padre era un violador, han seguido el problema de cerca, en silencio, pero atentos y dándose cuenta de todo.

Los niños sabían perfectamente que este momento tenía que llegar porque la realidad es imparable y el mundo no se detiene por nada. Todo llega, todo pasa, todo cansa. Y así estoy yo en este momento: terriblemente cansada de esta batalla inútil y perdida.

El fin de semana pasado, cuando este momento ya lo conocíamos perfectamente Alberto y yo, inevitable e inminente, nos fuimos a la montaña para ver si los paisajes maravillosos de la sierra de Bernia, las carreteras tortuosas y empinadas, las laderas sembradas de pinares y las ventas con aire de pueblo, nos ayudaban a relajarnos, a olvidar, aunque fuese por unos momentos, la tragedia. Intento inútil, la imagen de la cárcel y de los presos deambulando por los pasillos, las rejas y hasta la bola de hierro colgando con una cadena de los tobillos —así, tal y como se ven en las películas tenebrosas—, y su padre en medio de ellos, solo y desorientado, nos han acompañado durante nuestra excursión, amargándola, aunque nadie haya dicho una palabra sobre ello.

Anoche dormimos los cuatro juntos por última vez, y quién sabe hasta cuándo. Nos acurrucamos en la cama y, abrazados anárquicamente, amontonados, estuvimos en silencio hasta que los niños se durmieron. Un poco más tarde, también escuché a Alberto respirar hondo. A mí me ha sido imposible pegar ni medio ojo en toda la noche. No sé si voy a ser capaz de soportar la infamia, el sufrimiento que se me viene encima. No sé si tendré fuerzas para esta subida al Calvario.

He dejado a los niños, mis dos hijos, en su clase. Nos hemos despedido en silencio y con un beso profundamente emocionado. No sé si someteré a mis hijos a la vergüenza de esperar en las colas de la cárcel, que los guardias los miren y registren sus bolsillos y les pidan que enseñen todo lo que lleven, y tengan que andar mezclados con toda la gente que anda por esos sitios y de los cuales, nosotros, ahora somos uno más. Vamos a ser gente «en la cola de las visitas de la cárcel».

Los niños se han quedado en clase con una cara de infinita tristeza. Es nuestro colegio, su colegio desde el primer día. Lo conocen y tienen ahí a todos sus amigos, pero desde que aquel maldito niño —ya sé que una directora no puede tratar así a un alumno de su centro, pero... es lo que me nace, eso y no otra cosa— le dijo lo de «Tu padre va a ir a la cárcel porque es un violador», mi niño ya no va a clase con el mismo ánimo que antes. Algo se ha roto dentro de él.

I

No tengo fuerzas para conducir y no quiero que Alberto conduzca. Tampoco quiero que lo haga mi hermano, que está conmigo y me apoya de manera incondicional. Míriam Carolina —ya no repetiré más sus dos nombres—, mi amiga, profesora de inglés en mi colegio, se ha ofrecido a llevarnos en su coche. Es la persona que desde el primer momento me está apoyando, es mi paño de lágrimas —muchas lágrimas, más de las que le desearía a cualquiera—. Ella está siempre cerca. Con ella comparto confidencias, duelos, algunas risas —muy pocas, dado el infierno en que me muevo ahora—, opiniones y también enfrentamientos acalorados, porque ella se empeña en llevarme la contraria en muchas de mis convicciones y sobre mi manera de afrontar la realidad. Le agradezco que me contradiga con confianza y con buena intención porque, aunque me manifieste molesta y peleona, sé de sobra que es más objetiva que yo, que ve el problema desde fuera y me ayuda a tener una visión distinta, la de una mujer inteligente, formada y que me quiere.

Míriam es el espíritu crítico, imposible para mí en esta situación, que me obliga a poner los pies en el suelo incluso arrastrándome hasta él cuando me voy por las nubes. Es el hombro sobre el que lloro y sobre el que me resisto a aceptar lo que me ha pasado, sobre el que niego una y otra vez la tragedia en que me encuentro metida, rodeada por el desastre que me sobrepasa, como sobrepasado está quien se ahoga en un río embravecido y turbulento sin posibilidades de escapar. Tal vez fui demasiado confiada, tal vez no estuve suficientemente alerta para detectar alguna conducta de «tonteo» que se convirtió en más grave, tal vez debí vigilar más estrictamente esos sitios que se prestan a generar amistades peligrosas; tal vez no supe que los cubanos, los caribeños en general, son genéticamente así, que allí les llaman «pinga dulce» —¡qué grosería..., porque atacan a todo lo que se mueve!—, pero eso allí lo ven normal; tal vez son gente de otra cultura y aquí, en este caso que es el mío, el choque cultural se ha producido ocasionando un desastre mayúsculo. Tal vez... Ahora no valen las lamentaciones ni intentar reconstruir una realidad que es inamovible y sobre la que no cabe dar marcha atrás. Ahora vamos camino de la cárcel sin remedio, y eso evidencia que es imposible volver a donde estábamos antes de que todo esto sucediera.

El silencio en el corto viaje se puede cortar con un cuchillo. No nos miramos ni nos dirigimos la palabra, aunque tengamos muchas cosas de que hablar que bullen imparables y desordenadas por dentro y solo se exteriorizan en las lágrimas que soy incapaz de contener. Lucho por aparentar tranquilidad, pero las lágrimas molestas, involuntarias, imparables y silenciosas, me delatan sin remedio.

Las calles empiezan a estar bulliciosas, se suceden los clásicos atascos que todo el mundo achaca a los autobuses escolares. Los niños, los colegios... Mi colegio es el sitio maldito en el que se ha fraguado todo. ¿Qué culpa tiene el colegio? La culpa es de algunas personas que se han movido en él. ¿Alberto también? Me resisto a creerlo. No sé si he perdido el norte. Por mucha sentencia firme, por mucha decisión del Tribunal Supremo, yo sé la verdad y no me muevo de ella.

Enfilamos la autovía de Madrid atascada de coches y camiones. No hemos conducido ni seis kilómetros cuando un cartel, negro sobre blanco, nos avisa de nuestro destino lúgubre y duradero: «Centro Penitenciario de Alicante Cumplimiento», en el polígono Pla de la Vallonga. A los lados de la carretera que atraviesa el polígono hay naves industriales de todos los pelajes, desguaces, talleres, bares oportunistas y hasta una Inspección Técnica de Vehículos. Incluso alguna casa de lenocinio tendrá que haber por aquí, que en estos sitios ha de haber lugares habilitados para que los señores se alivien. Más le habría valido a este pazguato haber usado alguna señora de pago si no tenía bastante conmigo, que nunca le he negado nada, que de desagradecidos está el mundo lleno, en lugar de meterse en este follón endemoniado.

Girando a la izquierda hay una gasolinera y, al final de una recta kilométrica, flanqueada por matojos descuidados, en medio de un erial con una sierra pelada como fondo, se encuentra la cárcel. Parece un poblado desértico, polvoriento, marrón, entre neblina, como los de las películas del Oeste para lo que solo faltan unas bolas de esas de matojos con pinchos que ruedan empujadas por el viento. Esa es la estación final —¿o tal vez es la primera?— de nuestro largo viacrucis.

Hace unos cuantos días hablé, en el penúltimo intento desesperado de pedir socorro, que ando mendicante como los frailes pedigüeños de la Edad Media, con un señor del que me aseguraron que había sido director de más de una prisión. Un tipo con cierto aire de chulería, como de ir sobrado por la vida y de sabérselas todas. No sé, a lo mejor dirigir uno de estos antros imprime carácter y uno se vuelve soberbio. No digo que el hombre no fuera correcto, ni que fuera grosero ni nada por el estilo, pero me pareció que el tío pasaba de mí ampliamente y me miraba como por encima del hombro.

—Usted, que sabe de esto —le dije nada más empezar, y le conté el problema entero, tal vez de manera un poco atropellada—, ¿no me podría dar alguna solución? No sé..., una pequeña luz, alguna posibilidad de resolver esta situación terrible en la que se encuentra metida toda mi familia...

—¿Hay sentencia de algún tribunal? —preguntó de manera gélida, distante y sin inmutarse.

—Sí —contesté rápida e impaciente, porque pensaba que tendría alguna solución—. Existe ya una sentencia condenándolo de la Audiencia Provincial, pero esa sentencia no dice la verdad. Yo no estoy en absoluto de acuerdo con ella e incluso el presidente del tribunal ha llevado la contraria a las otras dos magistradas con un voto particular en el que expresa su desacuerdo total con la decisión de estas. Yo no soy abogada, soy psicóloga, pero entiendo que un voto contrario de un presidente tendrá que servir para algo. ¿O no? ¿La verdad oficial es la que vale, aunque no se ajuste a la realidad? ¿La verdad oficial que dicta el sistema es la única válida, aunque no tenga nada que ver con los hechos que realmente sucedieron? ¿La verdad oficial es intocable? ¿Cuántos errores judiciales no se han dado en el mundo? ¿Cuánta gente ha pagado años y años de cárcel y luego se ha demostrado inocente? ¿Quién paga un solo día de libertad que te han quitado indebidamente?

—Eso que usted dice es muy grave. A mí (le contesto ahora educadamente porque tengo poco o nada que ver en este asunto. Ni dirijo ninguna cárcel, ni dirijo nada, que lo peor de este mundo es ser ex algo, porque en esa situación eres menos que nadie y no te hacen caso en ningún sitio), eso que usted dice (y lo digo siendo incluso un poco grosero), me trae al fresco. En mi vida útil, cuando yo era un profesional, eso que los horteras llaman «un alto funcionario», me han dicho mil veces eso de «esta sentencia está mal puesta y lo que dice no es cierto». Me he cansado de oír esa frase, que no tiene sentido porque el sistema es el que es y no se achanta ante afirmaciones como esa.

»En alguna ocasión, incluso abogados de pedigrí y que cobraban bien cobrado, se han descolgado diciéndome eso de «lo que dice esta sentencia es mentira». Una vez, una imbécil con su toga de letrada y todo, con sus modelitos de boutique lujosa y sus paletadas de maquillaje que intentaban restaurar lo fea que era, tuvo la cara de decirme: "Hasta el presidente de la sección no sé cuál me dijo que la sentencia era una mierda y que era falsa". Y no he tenido más remedio, cada vez, que mandarlos a hacer puñetas, por no mencionar otro lugar un poco más sucio.

—Verá usted, voy a hablarle con toda la sinceridad del mundo, aunque la conozca poco y solo en atención a la confianza que usted ha tenido al acudir a mí y preguntarme, aunque tampoco sé por qué lo ha hecho ni quién me ha recomendado como consejero: no vaya a pensar que yo creo en la Justicia como en la palabra de mi madre, que en alguna ocasión, aunque no me considero un gran damnificado, he sido seriamente perjudicado por ella, por la Justicia, no por mi madre, y alguna resolución que me ha afectado me ha parecido una auténtica basura. Vaya eso por delante.

»En la Administración, en cualquier lugar del Estado, y la cárcel a la que usted tiene miedo, como tanta otra gente, es uno de ellos, la verdad nos importa un rábano. Lo que importan son los papeles. Yo conocí a un funcionario viejo, seguro que ya lleva años y años muerto y enterrado, que siempre preguntaba ante cualquier cuestión: "¿Tiene usted papeles? Aquí hacen falta papeles", repetía una y otra vez, ante cualquier duda que se le ofreciera. Ahora las cosas han progresado, somos más exquisitos, pero hace solo unos años, la Policía o la Guardia Civil te paraban por la calle y no te preguntaban: "Por favor, la documentación"; solo se oían dos palabras: "Los papeles". Eso hace falta para circular por la vida.

»Usted puede saber mucho. Si no tiene papeles, no sabe nada. Jamás podrá dar clase de nada porque no tiene los papeles que lo acreditan. Lo mismo pasa con la honradez, con la decencia, con la libertad, con la capacidad de moverse por el mundo, con los derechos que uno dice tener y con la inocencia: "¿Tiene usted papeles que acrediten eso y que sustenten lo que usted pretende y lo inocente que dice ser?".

»Su marido, por el que usted llora y está preocupada hasta los huesos, ese que usted dice que es tan buen padre, tan buen marido y tan honesto, un ciudadano ejemplar que jamás ha roto un plato..., si no tiene papeles que lo acrediten, si los papeles dicen otra cosa, no es lo que usted piensa, sino lo que los papeles oficiales, con firmas, con membretes y con sellos, dicen. Así es el sistema y la sociedad en que nos movemos, y quien piense lo contrario está equivocado. Está condenado a dar coces contra el aguijón, como decía san Pablo, aquel judío perseguidor que se cayó del caballo en no sé dónde y se convirtió en seguidor ferviente y apóstol de aquel a quien combatía.

»Cuando un tribunal dicta una sentencia, eso va a misa, como se dice vulgarmente. Cuando un tribunal habla y lo pone por escrito con esa frase rimbombante de «Fallo que debo condenar y condeno a Fulanito de tal y tal», lo que haya pasado nos importa un rábano. Lo que ha pasado es lo que pone el fallo y la única verdad es la que queda escrita como un hecho probado en la sentencia. Lo demás no existe. Puede usted hablar, llorar, reclamar, patalear, declararse en huelga de hambre o pegarse un tiro: la realidad que usted defiende no existe, porque lo que vale a los ojos del mundo es lo que la sentencia da como bueno y verdadero. Ese es el poder del Estado, que puede dictar sentencias y obligar, incluso con la fuerza bruta, a que se cumplan.

—Ya —contesté casi asustada, atribulada en mis palabras dubitativas—, si yo todo eso lo sé, pero es que en el mismo tribunal que ha sentenciado, el presidente ha formulado un voto particular en el que queda claro que no está de acuerdo con lo que dicen sus compañeras. También el presidente del tribunal pone en duda que algunos hechos, que otros dan por definitivos, hayan tenido lugar.

—Los votos particulares, como su propio nombre indica, sirven para expresar la discrepancia motivada de un miembro concreto, y en el propio voto tiene la obligación de explicar en qué consiste tal discrepancia y el porqué de esta. No obstante, los tribunales, como todos los órganos colegiados, tienen un número impar de miembros y, si son pares, el presidente tiene un voto de calidad que resuelve los empates. En definitiva, que usted es psicóloga, tiene formación universitaria más que suficiente y yo no me voy a poner a darle una clase para la que no tengo papeles, como le he dicho antes. ¿La sentencia se ha publicado, se la han comunicado y no ha sido recurrida?

—¡Claro que ha sido recurrida! Hemos elevado un recurso al Tribunal Supremo porque no estamos en absoluto de acuerdo con ella y porque lo que afirma en muchos de los puntos, que considera probados, no es verdad.

—¡Ojo! No diga usted que una sentencia es mentira o que incurre en falsedades, no sea que algún juez le meta mano por desacato. Dice usted que la han recurrido ante el Tribunal Supremo, ¿qué han dicho los más altos de todos los altos de los jueces, que ya son altos todos de por sí?

—No nos han hecho ni caso. Le han dado la razón a sus compañeros de la Audiencia y mi marido está injustamente condenado y no sabemos qué hacer. No quiero ser atrevida ni imprudente, pero para mí que ni la han leído. Han dicho «vale» y la han dado por buena.

—Pues si el Supremo no les ha hecho caso y ha confirmado lo que dijo la Audiencia que fuese, en su momento, no les queda nada que hacer, porque eso no lo mueve ni el *sursum corda*. Solo le queda entrar a la cárcel y cumplir, y aquí sí le voy a dar gratis unos consejos que van a ser oro molido:

»Lo primero: le interesa presentarse voluntario a cumplir condena, porque eso indica, de entrada, que pasa por el aro del sistema y tiene voluntad de saldar cuentas con la Justicia, y no de eludirla. Lo peor sería no presentarse y que lo pongan en busca y captura, porque andar huido es incomodísimo. He conocido a un sinfín de prófugos en mi vida y casi todos me han confesado en confianza que estaban deseando que los pillaran, porque era un sinvivir andar a salto de mata y escondiéndose, y notando el corazón salirse del pecho cada vez que veían cerca un coche de policía. La presentación voluntaria a cumplir condena implica un reconocimiento y una aceptación, que es importante para los equipos de tratamiento de la prisión a la hora de clasificar al condenado y de pedir, en su momento, una progresión de grado.

»Lo segundo, también importantísimo, es asumir el delito y pedir desde el primer minuto entrar en los grupos de tratamiento para agresores sexuales. Ya sé: usted dice que su marido no ha agredido a nadie, pero la sentencia (otra vez los papeles oficiales) afirma lo contrario. Si empieza en la cárcel a decir que todo es mentira y que él no ha hecho nada, el equipo y cada profesional lo anota en su expediente y le ponen la cruz negra: "niega el delito", “no lo asume”..., y eso saldrá a relucir, negativamente, cada vez que realicen la revisión de su caso.

»“Asumo el delito, estoy arrepentidísimo, me quiero rehabilitar y acudir a los cursos de psicólogos y educadores para remediar mi condición de agresor sexual.” Este es el abecé del tratamiento penitenciario y es el presupuesto imprescindible para que, en algún momento, alguna psicóloga haga allí dentro de abogada defensora y proponga al resto la progresión de grado, los permisos y demás bondades del sistema.

»Me estoy imaginando a la psicóloga: “Este interno ha realizado conmigo el curso de agresores, reconoce que cometió un delito, manifiesta una clara voluntad de reinserción y de no incurrir más en conductas similares. Ofrece garantías de vida honrada en libertad. Yo creo que podemos darle...” y bla, bla, bla.

»Ahora estamos, o estáis vosotros, tú y tu marido, en el momento de asumir y cumplir. Todo el que le diga otra cosa está enredando en algo con poco sentido. Es mi opinión sincera, y así se la doy porque usted me la ha pedido.

—Eso es muy fácil decirlo cuando usted no está en mi pellejo —respondí casi al borde de las lágrimas y la desesperación. ¡Es que mi marido no ha cometido ningún delito!

—Veo que no me ha escuchado o no me ha querido entender. Empeñarse en negar el delito (y eso seguro que se lo ha contagiado él, porque ya conoce el refrán de dos que duermen en el mismo colchón se vuelven de la misma opinión) es una mala política para resolver el problema cuando hay una sentencia del Tribunal Supremo pendiente de cumplir.

Y así terminó mi conversación con aquel señor que se portó bien en cuanto a la manera de expresarse, que fue correcto y educado, pero que no me resolvió absolutamente nada. Es lo que pasa cuando vienen mal dadas, la gente se da media vuelta, comenta o murmura en voz baja, te da dos palmadas en el hombro y... si te he visto no me acuerdo. De sobra sé que el delito que se le imputa a mi marido —y por el que ha sido injustamente condenado— tiene muy mala prensa. La palabra «violador» es horrorosa, pero yo sé hasta el último recoveco de esa historia y voy a luchar hasta conseguir que la verdad se abra paso.

Por ahora no me queda otra opción que la que estoy llevando a cabo: coger el coche con mi amiga y mi hermano, conducir yo misma sería mucho más que imprudente, y llevar a Alberto, manso y resignado, como se lleva un cordero al matadero.

Estamos llegando a la cárcel y nos topamos con una señal de tráfico que impide pasar a los vehículos no autorizados, y el nuestro es uno de ellos. Hay que aparcar en un descampado tan inhóspito como el resto del paraje, un aparcamiento anárquico, de tierra y piedras, sin señales ni organización, en el que cada uno deja el coche al buen tuntún. Al fondo hay unos juncos y esas plantas alargadas, como plumeros, que indican que ahí hay una laguna. Señal poética y refrescante del paisaje árido y pedregoso. Bajamos los tres y acompañamos a Alberto hasta una garita acristalada cuyos cristales hace mucho tiempo que no reciben la visita del limpiador. Nos encontramos a un guarda jurado y a un tipo con un uniforme ajado, la camisa con el cuello sucio y torcido, que mira con cara de pocos amigos.

—Vengo a ingresar, a cumplir condena —afirma Alberto con voz serena, a la vez que yo siento un estremecimiento bestial. *Alea jacta est* (la suerte está echada), que dirían los romanos. No hay vuelta atrás y el guardia de la garita, sin mirarnos siquiera, señala una portezuela lateral por la que solo debe pasar mi marido. Solo él.

—Presente la documentación en la puerta que hay al fondo de esta avenida a la izquierda —recita el funcionario como si le estuviera hablando a un ser inanimado.

Le doy un último abrazo y le deseo que esté tranquilo, a la vez que le prometo no dejarlo solo y seguir luchando por él. Se resiste a entrar, remolonea y se fuma varios cigarrillos seguidos como intentando alargar eternamente el momento de la despedida. El funcionario le informa que tiene que dejar las fotos que lleve encima de los niños —no entiendo—, avisándolo de que ahí dentro, con fotos de niños, se pueden hacer muchas cosas inimaginables —ahora sí comprendo—. Se me ponen los pelos de punta y acepto que ese hombre no es un tarado que ve visiones.

Se abre la puerta con un chirrido desagradable. Necesita un engrase, lo mismo que la garita una buena mano de jabón y de limpiacristales. Alberto le entrega un papel firmado por el abogado al que acompaña la sentencia. Va dirigido al director del Centro Penitenciario de Campos del Río, y el funcionario, nada más empezar a leerlo, se revuelve casi con violencia, con desagrado por ser importunado.

—Se han equivocado ustedes. No es aquí donde tiene que ingresar, este escrito va dirigido al director de Campos del Río, y este no es ese centro penitenciario, como salta a la vista. Usted verá lo que hace —dice en tono displicente, dando a entender que le importa un rábano que Alberto entre o no.

—Entonces... —Alberto duda, tartamudea, aún impresionado por el entorno—, ¿tengo que ir hasta Campos del Río a presentarme?

—Eso es usted quien tiene que decidirlo. ¿Se quiere presentar voluntariamente sí o no donde dice su abogado en ese escrito? Pues carretera y manta, sigue usted en dirección a Murcia y luego hasta Caravaca, y la prisión está justo al lado de la carretera. No tiene pérdida; está visible y muy bien señalizada.

Al final el funcionario se ha manifestado más amable de lo que parecía en principio. Damos media vuelta y volvemos al pedregal, donde hemos dejado el coche, como una procesión fúnebre sin ataúd.

Conduce igualmente Míriam, mi hermano va a su lado y Alberto y yo sentados detrás, cogidos de la mano, intentando apurar este último momento. Vuelve el silencio y regresa el aislamiento, ensimismado cada uno en sus pensamientos, aunque los cuatro vamos embutidos en un habitáculo de escasas dimensiones.

La carretera de Madrid es una pura e incesante caravana: furgonetas, camiones, vehículos de todas las hechuras, marcas y cilindradas, y más furgonetas y más camiones. Pasamos el Alto del Portitxol y abro la ventana porque voy un poco mareada y agobiada. Son solo trescientos metros de altura, pero al doblar la cuesta e iniciar el descenso ya no se huele el mar. ¡Hasta qué punto es imprescindible el mar cuando te has acostumbrado a él!

Pasamos por Novelda, dejándola a un lado, y veo a la izquierda, en un alto, una iglesia entre artística y hortera. Dicen que está dedicada a Santa María Magdalena, que la construyó un discípulo de Gaudí y que tiene un órgano único en el mundo, construido de mármol, que es la gran industria noveldense. No tengo ánimos para dedicarme al turismo cultural y no rezo al pasar junto a esa iglesia, mi esperanza en lo que pueda o no hacer algún dios ha desaparecido. Un poco más arriba del pueblo soy capaz de distinguir lo que se llamó «Posición Yuste». Ahí estuvo refugiado en sus últimos días el Gobierno de la República: Negrín, la Pasionaria, el general borrachín y putero, Enrique Líster, que se perdía por las noches burlando vigilancias en busca de prostitutas en Yecla, porque pensaba que eran las mejores de la comarca... Desde ahí salieron, desde el pequeño aeródromo, huyendo de las tropas franquistas que se echaban inexorablemente encima de Alicante, la última ciudad que cayó.

Sigue reinando el silencio en el coche y seguimos devorando kilómetros. Elda y Petrer, dos pueblos que no se distinguen, que se confunden uno con otro, dominados por un castillo majestuoso. Esta era una zona en la que vivieron los árabes durante siglos y cada pueblo tenía su castillo de vigilancia, su atalaya para avisar de incursiones enemigas. Sax, el pueblo siguiente, camino de la cárcel nueva a la que tenemos que llegar, también ostenta su castillo elevado sobre un risco imposible. Lo dejamos atrás y los carteles de carretera avisan de que Villena está cerca, también con un castillo imponente que se ve desde lejos elevándose en medio de la población. Entramos en un túnel no demasiado largo y seguimos en dirección Madrid, obviando los cruces que nos mandan hacia Yecla y Onteniente. Deben de ser sitios bonitos, pero no vamos en el coche con espíritu turístico.

A lo lejos, a la izquierda, se ve un pueblo extendido en un paisaje despoblado: Caudete. Está justo en la frontera de tres provincias, Alicante, Murcia y Albacete, pero no es ahí a donde nos dirigimos. Nos hemos equivocado otra vez. Se ve que hoy, con los nervios y la tristeza, no estamos muy finos, más bien estamos bastante imbéciles. Ya se divisan los carteles: «Centro Penitenciario Alicante II», más conocido como la cárcel de Villena.

Junto a la autovía se alza una cárcel grande y moderna, pero tampoco es aquí a donde nos dirigimos, miramos el mapa en el teléfono móvil y nos indica claramente que Campos del Río, nuestro destino, está en Murcia, en la carretera que une esa ciudad con otra también importante: Caravaca de la Cruz.

A este paso vamos a recorrer la geografía española, o al menos la del sureste peninsular, buscando la cárcel en la que cumplir condena. Somos idiotas y nos ponemos nosotros solos la soga al cuello. Hace falta ser masoquista para esto, o quizá tener ansia por terminar de una vez y saldar cuentas con la Justicia, en el caso de que exista.

Por fin, tras muchas vueltas, dejamos Murcia a la izquierda y en la carretera de Granada y Almería encontramos el cruce: Caravaca de la Cruz. Enfilamos la autovía, menos mal que las carreteras ya están todas a buen nivel, y llegamos pronto a nuestro destino: Centro Penitenciario de Campos del Río. Las cárceles siempre están ubicadas en terrenos desérticos y que no sirven para otra cosa.

Aquí no tenemos que dejar el coche en un pedregal agreste, hay un aparcamiento perfectamente señalizado. Bajamos y en comitiva lúgubre nos dirigimos hasta un portón grande pintado de color burdeos. Abre la puerta lateral una funcionaria, con mejor aspecto que el de la cárcel anterior, la que hemos dejado atrás hace varias horas, antes de dar vueltas y vueltas haciendo turismo por esta esquina desértica de la península. Le explicamos el motivo de la visita y nos dice que solo puede entrar Alberto. Le doy un último abrazo y me retiro en silencio, rota por dentro.

Lo veo alejarse lentamente con la bolsa en la mano que yo le he preparado. Es un hombre fuerte y sé que resistirá.

II

Ni la vuelta de un funeral es tan triste como mi regreso al colegio. No he aguantado en el despacho, no he tenido ganas de ver a nadie ni de que todos se dieran cuenta de mi cara de cadáver, mis ojos hinchados y mi incapacidad para atender un problema o adoptar una resolución en relación con los niños o con los profesores, que ese es el principal y casi único trabajo de la directora de un colegio.

Me voy a casa y dejo a Míriam encargada de recoger a mis hijos cuando acaben las clases. Intento adaptarme a la nueva y desgraciada situación, relajarme porque cuando vuelvan los chicos del colegio tengo que intentar iniciar una nueva etapa sin su padre. La vida tiene que continuar, sobre todo por ellos.

Al volver los niños del colegio mi hermano y yo decidimos irnos los cuatro a Madrid en tren. Debemos cambiar el escenario, al menos por el momento. El AVE se desliza velocísimo, parece que vuela sobre las vías —veo un cartel luminoso al fondo que avisa de que rodamos a 260 kilómetros por hora. Una barbaridad—. En veinte minutos llega a Villena, lugar de triste recuerdo por donde pasamos buscando la cárcel para dejar ingresado a Alberto. La parada es un suspiro y, al minuto de ponerse en marcha, pasamos junto a la prisión dejándola a la derecha de la vía. Pasa desapercibida a los niños y evito decirles quién está en un sitio parecido, tan lejos de nosotros: Alberto, injustamente encarcelado no sé por cuanto tiempo. No puedo evitarlo y comienzo a escribirle mi primera carta.

¿Cómo me ha podido pasar esto a mí? ¿Qué destino nefasto es el que se ha cebado conmigo? ¿Qué maldición ha venido a destrozar de esta manera mi vida y la de mi familia? Me resisto a creer que la conducta de Alberto haya sido la única culpable. De acuerdo que ha sido infiel, «me tiró los tarros», como dicen en Cuba, y eso hizo que estuviésemos separados un tiempo y al borde del divorcio, pero después yo recapitulé y ordené de nuevo mi cabeza. Lo que ha hecho es grave, buscó fuera lo que tenía en casa, ha podido ser un tonteo, una conducta vergonzosa de cazador machista, de depredador del Paleolítico, pero él no es ningún agresor sexual. Él ha sido y ha seguido siendo, tras el desgraciado episodio, un marido y un padre amoroso y dulce. Él me ha hecho feliz durante mucho tiempo. ¿Estoy desvariando?, ¿he perdido la conciencia de la realidad? ¿No sé distinguir entre lo real y mi deseo?

Ahora la gente, incluidas las dos mujeres que, por venganza por su despido, estoy segura, han organizado este gran jaleo, porque yo por Alberto pongo la mano en el fuego —sé que muchos criticarán esta actitud—, me ven como la directora de un colegio prestigioso con todos los elementos a mi favor para salir de este hundimiento y empezar otra vida con éxito, pero yo, abrumada por esta tragedia que se me ha venido encima, no quiero otra vida ni quiero dejar abandonado a Alberto en la cárcel. Si ahora lo abandonara, no podría mirarme a la cara siquiera. Me refugio únicamente en mis recuerdos y en ellos encuentro un poco de paz en medio de la tormenta que me ha tocado vivir.

Solo era una niña inquieta, curiosa y revoltosa de Madrid, del Puente de Vallecas, nada de un barrio millonario y pijo. Mi padre era mecánico ajustador, un hombre trabajador y bueno, y mi madre ama de casa, la que cohesionaba y daba identidad al hogar. Nada más lejos de una familia burguesa, ni mucho menos rica, que mis padres en la Guerra Civil, de niños, fueron evacuados desde Madrid a Cheste y a Ulldecona para estar libres de los bombardeos que las tropas de Franco llevaron a cabo sobre la capital, que era zona republicana. Madrid resistió al golpe militar y lo pagó bien caro. Muerte y destrucción hasta cansarnos.

Yo era una niña feliz en mi barrio, con un hermano mayor y unos padres trabajadores que nos proporcionaban una existencia segura, amorosos y tranquilos. Nuestra casa era unifamiliar, con un patio grande y un columpio en el que me pasaba las horas muertas metida en mis sueños, en mis fantasías. Soñar despierta ha sido una de mis grandes aficiones durante la niñez y la adolescencia, aunque luego, la vida, me ha hecho poner cada cosa en su sitio y bajar de la nube de las ensoñaciones.

Ahora que estoy hundida y desconcertada, sin saber qué será de mí y de los niños después de esta infamia a la que hemos sido sometidos, me vienen a la memoria solo recuerdos felices: mis clases en el colegio de las franciscanas, los fines de semana jugando con mis primos y las vacaciones en Las Navas del Marqués (Ávila), los domingos tomando golosinas y helados en El Rastro y en la plaza Mayor... Nunca pude ni imaginar, ni de lejos, verme metida en una situación como la que ahora me agobia y en la que me veo con las manos atadas, y a mis hijos inmersos también en una vorágine que aún no hemos afrontado, porque ellos la sufren en primera persona. Solo hay que ver la frase de aquel niño repelente y cabrón diciéndole a mi hijo con evidente mala leche: «Tu papá va a ir a la cárcel porque es un violador».

Mi vida, hasta este vergonzoso episodio, ha sido idílica: en mi casa jamás vi ni tuve una bronca, ni siquiera lo típico de las madres de la época, aquello de buscarte con la zapatilla para darte un alpargatazo que más era una caricia. Mi casa era como la de *La casa de la pradera*, la serie melosa e irreal que veíamos todos juntos en el salón los fines de semana por las tardes.

Al salir del colegio de las franciscanas acudí a un instituto concertado solo de niñas. Nunca tuve un compañero de pupitre varón hasta que llegué a la universidad. Cómo sería de inocente que, en la Universidad Autónoma, estudiando Psicología, que es la carrera que estudié, el primer día de clase anduve preguntando a qué hora era el recreo.

Con diecinueve años, ya en la universidad, yo estudiante de Psicología y él periodista, tuve mi primer novio en serio, mi primera relación adulta: Santiago. Aparecía de vez en cuando por mi grupo. Me gustaba mucho, pero me llevé un gran chasco al saber que tenía una novia en Sevilla e iba a verla con frecuencia. Hacía doblete, el tío, como vulgarmente se dice. Al final, todos van a ser igual de jetas. Fue mi primera decepción amorosa, pero tuvo arreglo al poco tiempo, porque la dejó. Me dio una gran alegría cuando me lo dijo, yo sé perdonar siempre, y empezamos a salir de nuevo.

Santi empezó a entrar en casa y yo también iba a la suya. Aquellos fueron tiempos de felicidad y de novedades porque, con mis padres, cambiamos el sitio de veraneo a Soto del Real, un pueblo precioso al norte de Madrid donde ahora, tendrían que interpretar esto los arúspices, los adivinos y los que echan las cartas del Tarot, hay también una prisión de gran fama. Santiago fue mi primera relación seria y total, completa, apasionada, y yo creía que con futuro. Estaba colgada hasta las orejas. Pero nunca es completa la dicha, rompimos un 2 de octubre por una discusión. Yo tenía un regalo preparado para él por su cumpleaños y no se presentó. No apareció, dejándome planchada. Me extrañó muchísimo su espantada y, cuando lo vi, le echó la culpa a su madre, que era muy autoritaria, y no sé por qué había tenido que quedarse con ella. No quise ni imaginarme que estuviera haciendo doblete otra vez. Creo que esa fue la causa de que la relación acabara: empecé a no verle futuro porque era un chico enmadrado e hiperprotegido, con una madre insoportablemente dominante.

Nos hemos visto alguna vez más, pero solo amistosamente. Incluso fui a verlo una vez a Santander y pasamos allí un fin de semana extraordinario, pero yo ya no estaba enamorada. Aquella puerta ya se había cerrado. Santiago no conoce la historia turbia de Alberto. Mejor dicho, no sabe nada de la historia en que nos han metido, porque yo sigo pensando lo mismo: que Alberto ha hecho un poco el golfo, el gamberro, ha actuado de «ligón cubano», de «pinga dulce», pero no es un violador, como le dijo a mi hijo aquel niño, al que de buena gana echaría del colegio si pudiera, y desde entonces lo lleva grabado a fuego en su cabeza.

Después de Santiago, cuando lo dejamos por culpa de su absorbente madre, tuve alguna otra relación —si es que puede llamarse así—, pero yo, con veintidós años, no tenía ninguna necesidad de atarme a nadie. Me dediqué a vivir y a pasármelo mucho más que bien, a viajar por Europa e incluso llegué a ir a Tailandia.

Me interesaba mucho el arte románico y me pateé España entera visitando iglesias, retablos y conventos, desde Sant Joan de les Abadesses hasta San Martín de Frómista, y desde Sant Climent de Taüll hasta Santa María del Naranco en Asturias o San Miguel de Escalada, cerca de León. También descubrí restaurantes y completé todas las reseñas de la Guía Gourmetour. Era libre, no necesitaba ningún novio ni sentía la necesidad de montar una familia. Me interesaba la cultura, el deporte, perderme un fin de semana en Ezcaray y disfrutar del restaurante Echaurren con alguna amiga. Nos gustaba la gastronomía y el turismo por encima de otras actividades. Disfrutaba, era libre, joven, sin hijos, con un buen trabajo y con dinero que ganaba sin tener que ejercer, porque no lo era, de niña de papá. ¿Qué más podía pedir?

En esa época, solo una gran pena nubló mi felicidad: falleció mi madre, y eso fue un gran palo, como cualquiera puede imaginar. Me supuso, como es de imaginar, un mazazo importantísimo. Me quedé machacada con su muerte. Fue un caso claro de enfermedad hospitalaria, de «yatrogenia», que es el nombre técnico, un daño no buscado que te ocasionan en un hospital: le hicieron una transfusión y le contagiaron la hepatitis, que acabó con ella.

Era una candidata principal y urgente a un trasplante de hígado, pero el donante finalmente no llegó. Estuvo un año entero esperando y murió el día de Nochebuena de 1992. Mi vida había sido felicísima hasta ese momento y ese fue mi primer gran drama, que equiparo al que sufro hoy. Me hundió en la miseria y sufrí mi primera sensación de gran pérdida y de que la vida puede salir mal. Una madre es irreemplazable, nada ni nadie puede sustituirla ni apagar el dolor de su muerte. Me quedé a vivir con mi padre y cambiamos la casa del Puente de Vallecas por un piso en el distrito de El Retiro. Entró en una grave depresión, pero no quiso que yo fuese ama de casa y me dedicara a cuidarlo, que era lo que me apetecía. Recién acabada Psicología empecé a trabajar en todo lo que salía, dando clases, de administrativa, en Alcampo..., nadie puede pensar que yo he sido una niña bien, una pija a la que le han regalado todo hecho y que ha vivido sin dar golpe y a costa de sus papás.

¿Cómo iba a imaginar entonces, feliz a mi manera y en mi mundo, que me iba a caer encima la tragedia que ha venido a destrozarme la vida por segunda vez? La muerte de los padres lo consideramos un hecho natural, aunque doloroso, pero esto... ¿Cómo iba a pensar, ni por asomo, que mis hijos, a los que ni siquiera imaginaba en aquellos años, iban a sufrir estas miradas atravesadas, los cuchicheos y la maledicencia de quienes tendrían que arroparlos? ¿Van a ser verdad las afirmaciones freudianas sobre la perversidad polimorfa de los niños y de algunos de sus padres?

Ahora mismo, en la soledad de mi dormitorio, ese que va a quedar solo y vacío por una larga temporada, en la penumbra y el silencio... ¿podría decir que me siento feliz y estoy más o menos relajada? Nunca, es imposible. Me invade un sentimiento contradictorio, revuelto, agresivo y difícil de explicar. He dejado a mi marido en la cárcel y me enfrento a una larga temporada sin él. Diez años de condena que veo como una losa de injusticia, pero... ya ha pasado todo, o al menos una parte llena de zozobra e incertidumbre, porque hasta el último minuto hemos creído que el problema se iba a arreglar, porque los abogados son especialistas en dar esperanzas y buenas palabras. No ha sido así, el Tribunal Supremo, después de muchos avatares —algo dentro de mí decía que podía pasar, pero yo no quería ser un pájaro de mal agüero—, ha dado la razón a las dos juezas que han condenado a Alberto. No han tenido en cuenta esos magistrados solemnes investidos de una autoridad desproporcionada, me da la impresión de que ni siquiera lo han mirado, el voto particular y magníficamente justificado del magistrado que más se ha acercado a la realidad y mejor ha conocido el problema y las triquiñuelas montadas en torno a él. Ese señor de la Audiencia ha sabido ver donde las otras no han visto nada. Tengo entendido que, conforme a las leyes de procedimiento —no tengo ni idea de derecho, solo soy psicóloga—, los recursos que revisan en el Supremo no implican o no permiten revisar las pruebas, solo si ha habido algún incumplimiento en las formas o si de alguna manera se han saltado la ley. Pues, desde mi ignorancia, creo que aquí se han saltado varias, pero los abogados no han sabido o no han podido exponerlo. Tampoco les voy a achacar mala voluntad, que ellos lo habrán intentado lo mejor que saben. Pero es lo que hay. Ahora toca cárcel, mucha cárcel, esa palabra terrible con la que jamás creí que tendría que lidiar.

Yo había acabado la carrera de Psicología y estaba enfrascada en mi juventud viajera, gastronómica y cultural. Encontré trabajo de lo mío como psicóloga de la Federación de Atletismo, y muy poco tiempo después como directora de un colegio privado en Moratalaz. Todo funcionaba más o menos bien con aquella empresa, pero junto con un compañero vi la posibilidad de mejorar muchos aspectos de la enseñanza, vimos con claridad que había un mercado por explorar y por desarrollar, y nos lanzamos a poner en marcha un excelente proyecto educativo. En el colegio de Moratalaz se enteraron de nuestras intenciones y debieron de pensar que íbamos a robarles los alumnos, porque nos despidieron sin contemplaciones, prácticamente a patadas, acusados de competencia desleal.

Tras el despido, fue un tiempo difícil porque, aunque las ideas estaban ordenadas y el proyecto marchaba, no podíamos abrir hasta año y medio después. Tuvimos que sobrevivir sin ganar dinero, corriendo y trabajando a destajo, para abrir el colegio de Valdeberminde en el año 1999. Mis socios y compañeros, Alberto, Miguel y Emiliano, eran personas extraordinarias, maestros y líderes en La Vaguada de Madrid. Nos partimos la cabeza y la cara para sacar adelante un proyecto, que aún perdura, de excelencia educativa y rodeados de los mejores, e hice un equipo directivo y de trabajo con un grupo de socios inmejorable.

Yo no tenía tiempo sino de trabajar, no tenía ninguna vida afectiva salvo amigos, dedicada en cuerpo y alma al colegio. Era joven, fresca y con empuje, tenía éxito, salían bien las cosas y ganábamos dinero. La gran muleta, la ayuda más grande entonces, la recibí de mi amiga Celia, que nació incluso en el mismo hospital que yo solo con unos pocos días de diferencia. Fuimos amigas y compañeras desde el primer minuto.

Pero ya no valen los recuerdos bonitos, no vale recrearse en el pasado y soñar despierta. Ahora solo vale armarme de valor y de paciencia, sacar adelante a mis hijos y hacer frente a lo que venga, porque sé que van a venir atravesadas las miradas de conmiseración; los comentarios malévolos y hasta jocosos —¿qué se creía esta, que todo el monte era orégano y el cubanito de la señora directora iba a escaparse de rositas? ¿Cómo ha sido tan imbécil de casarse con un cubano? ¿Es que no sabe de qué pie cojean?—. También sé que voy a ver los apoyos de los cercanos y, contrariamente, el disfrute de quienes, por una u otra razón, me la tienen jurada, que eso es imposible de evitar cuando diriges un centro de enseñanza con padres, madres, trabajadores, profesores y mil elementos más que conjugar en ese gran teatro que es un colegio. Tengo que echar mano de mi resiliencia —ese término raro que siempre me ha gustado poco, ese neologismo del que tendré que tirar para sobrevivir—. Yo y mis dos hijos que ahora solo me tienen a mí.

III

—¡Cariño! ¿Has visto hoy los periódicos? ¿Has escuchado los informativos locales? —escucho a Jorge preguntar en voz alta y con voz de requerir una respuesta rápida para saciar su curiosidad.

Jorge vocea desde el baño mientras se afeita, con la radio a todo trapo oyendo las noticias de la mañana, y se arregla para ir a su trabajo. Jorge es mi marido, y por su oficio se acuesta y se levanta con la radio puesta. A las siete de la mañana ya lo tengo dándome la paliza con la luz y el ordenador, mirando uno a uno, —diseccionando, más bien— y aprendiéndoselos de memoria, los periódicos locales y nacionales. Es lógico, él también es periodista, tiene que estar al día de lo que escriben sus colegas y poner la oreja cuando algún amigo o enemigo saca a la luz alguna historia que le puede interesar para profundizar en ella, recrearla o rebatirla.

—No he mirado nada ni pienso mirarlo. Ya me das la lata lo suficiente con la luz encendida antes de que sean las siete y el ordenador me deslumbra cuando aún no he cumplido mis horas de sueño reglamentario —contesto con buen humor, porque, a pesar de ser paliza, de enredar hasta lo indecible con sus historias periodísticas, de ser desordenado e informal, yo sigo enamorada como el primer día o incluso más. El amor es así, irracional. Algunos lo definen como un estado de trastorno mental transitorio que a muchas nos dura desde que nace hasta el fin de nuestros días. Otros dicen que es una explosión que solo dura un par de años, porque luego se hermanan las carnes y ya solo permanece el cariño, los intereses comunes y la costumbre. No estoy de acuerdo. No es mi caso.

—Pues deberías mirarlos, los periódicos, digo, porque hoy sale en todas las primeras páginas tu colegio, y no precisamente para nada bueno. Yo no he metido ahí la cuchara porque tú trabajas ahí y porque sabes que lo mío es la cultura y la crítica política. No me dedico a los sucesos ni a la casquería, pero da la impresión de que ahí hay una buena historia, un poco o bastante morbosa, que es como le gusta a la gente. ¿Podrías conseguirme una entrevista con la directora, que es amiga tuya? Sería un triunfo para mí entrevistar a una mujer que ha sido puesta en el candelero, y va a ser apaleada, con esta película.

—Mira, Jorge —respondo enfadada, como realmente estoy—, no me toques las narices, que es muy temprano para que empieces. Mi directora no estará, seguramente, en condiciones de dar muchas entrevistas. Sé de qué va la historia y la estoy viviendo de cerca. Llevo unos cuantos días escuchando por un lado y por otro el mismo runrún, y no me creo ni la mitad de lo que oigo. A ver si he acertado. ¿La noticia va de condenas y de cárceles?

—Ya veo que estás puesta en el asunto y no me has dicho ni pío. Cásate y ten una mujer en el meollo del acontecimiento; sé periodista y serás el último en enterarte. Esto es como los cuernos, que el cornudo, el sujeto pasivo, es el último en saberlo cuando ya el desastre está en boca de todo el mundo.

—Cariño mío, como sé de qué irá la crónica periodística porque a los carroñeros de tus colegas les va el morbo, no te he dicho ni te voy a decir nada porque a mí el cotilleo truculento me resbala, pero lo sé todo desde principio a fin y me da la impresión de que dista bastante de lo que hayáis publicado, que no lo sé ni me importa, porque el morbo y la carroña no son mi dedicación ni mi afición. Tú te dedicas al periodismo cultural y yo a dar clases de inglés. Los dos tenemos claro cuál es nuestro cometido.

—Míriam, no te enfades con mis colegas carroñeros, porque yo, lo sabes de sobra, no soy periodista de sucesos ni de juzgados ni de esas mierdas. Lo mío es la cultura: libros, teatros, cine, conciertos, exposiciones de pintura y otras exquisiteces artísticas y literarias y, para matar el gusanillo de vez en cuando y la mala leche, de crítica política, pero nunca me he metido en rollos de cama, ni en cotilleos groseros, ni en cuernos ni en acuestes, que es lo que pone a muchísima gente porque la máxima periodística ya la conoces: «Noticia es lo que molesta a alguien. Si no molesta a nadie es publicidad».

—Pues yo, cariño mío, ya sabes que no soy nada cotilla, que me creo solo la mitad o menos de lo que leo, que me dedico a mis clases de inglés y a alguna suelta que me colocan de calvote para rellenar, y que la historia truculenta que me dices y que hoy sale en todos los sitios, la conozco desde el minuto uno. No sé siquiera si leer ahora lo que dices que escriben, porque seguro que me voy a poner de mal humor con las exageraciones y las medias verdades. Estoy segura de que, de todo lo que dicen tus colegas, no es verdad ni la mitad, dicho sea desde el máximo respeto a tu profesión, que por algo estoy casada contigo.

—Míriam, querida: no voy a ejercer mi profesión contigo, solo faltaba. Me he sorprendido un poco al oír y ver las noticias porque, habiendo tenido lugar esos acontecimientos en tu lugar de trabajo, me ha extrañado que no me hubieras dicho nada sobre el asunto. Ya me imagino la comidilla en el colegio y a todo el mundo chismorreando sobre el tema. A lo mejor, si me consigues esa entrevista, ayudo a poner las cosas en su sitio.

—Exactamente, Jorge, es posible que entrevistando a mi jefa y amiga pudieras encajar más de una pieza y poner algo de orden, pero no es el momento —respondo dándole la razón e intentando zanjar la cuestión, porque es un asunto que me molesta, conociendo el percal como lo conozco. ¿Tú sabes quién es la víctima de todo esto?

—¡Cómo voy a saber yo nada de víctimas ni de verdugos si no conozco el asunto ni he oído hablar de él en la redacción! Así que no será tan importante. Si fuera algo tan truculento como tú dices, de abusos graves y de desviaciones de poder y de jueces y policías justicieros, que es lo que estoy oyendo ahora mismo en la radio, ya me habría llegado a mí alguna onda, porque las cosas gordas se conocen y se comentan en todos los corrillos desde el primer momento.

—Jorge, querido, te he dicho y te repito que no me creo ni la mitad de lo que están diciendo y que la víctima de este revoltijo hediondo no son las dos que se presentan como tales convenientemente aleccionadas no sé por quién (es mi opinión y soy libre de decirlo). La víctima es mi amiga Itziar y sus hijos. A la directora del colegio es a la que han engañado, a la que le han puesto los cuernos y la que se ha visto arrastrada y humillada por este asunto maloliente, y no quiero seguir hablando porque me embalo y termino diciendo lo que no quisiera.

»Solo voy a decir una cosa más, y escúchame bien porque no quiero seguir con el tema. Hace unos días la acompañé a llevar a su marido a la cárcel porque, aunque ella ha contratado a los mejores abogados y profesores de universidad y se ha dejado un capital en la defensa, no le ha servido de nada. Los jueces o las juezas han pasado de todo y han creído la palabra de las dos mujeres que hicieron la denuncia. Todos los argumentos de defensa y el dineral que Itziar se ha gastado para intentar poner las cosas en su sitio no han servido para nada, y no quiero seguir con la historia porque me llevan los demonios.

—Mujer, tampoco te pongas así. ¿Tú conoces la maldición gitana de «juicios tengas y los ganes»? Pero si los tienes y los pierdes es mucho peor. Cuando entras en un tribunal, a lo que sea, puedes tener muy buenas expectativas, los abogados te dirán buenas palabras y te darán todas las esperanzas, pero nunca sabes cómo vas a salir de allí, si vencedor o chamuscado y desplumado como el gallo de Morón, y eso es lo que habrá pasado aquí.

»Yo te creo, y si tú dices que Itziar y sus hijos son las víctimas, seguro que así será. Es el sistema. Los jueces son un poco como los mandamases romanos, los pretores y los senadores y toda aquella fauna. Aquellos que tenían esclavos y sirvientes por un tubo, que tenían el derecho sobre la vida y la muerte, y a ellos no hay dios que les tosa. Ellos dictan resoluciones y no queda otro remedio más que cumplirlas porque, si no, te cae encima todo el peso de la ley y te joden la vida.

—Pues eso ha sido aquí exactamente eso. Un marido un poco o bastante golfo, dos señoras llevadas en volandas y subidas en la ola de la defensa de la mujer (como si las demás no quisiéramos que la mujer fuese defendida, como si a las demás mujeres la defensa de nuestra clase nos importara un bledo), y un tribunal que se sumerge en esa ola y es engullido por ella, dicho sea sin ánimo de ofender y usando mi libertad de expresión, que creo que también tengo derecho a ello, no sea que me vayan a llevar a mí también por delante enganchada en el cuerno. Yo también tengo derecho a decir lo que me dé la gana, aunque mi testimonio no valga nada porque soy amiga de la perjudicada. Un hombre sí ha habido ahí lúcido y sabio, pero su voto no ha valido.

—Vale, cariño, vamos a dejarlo, que a nosotros ni nos va ni nos viene el asunto y no nos tenemos que meter en un berenjenal del que lo único que podemos sacar es perjuicios. Tú al inglés, que es lo tuyo, y yo a la cultura y a criticar a los concejales, a los diputados, a los empresarios y al que se ponga por delante. Pero a los jueces, no, que esos son más o menos intocables, con ese rollo que se inventó Montesquieu de la división de poderes, y el poder judicial como árbitro supremo, y que es otra gran filfa, un engañabobos para hacernos creer que el derecho y la libertad existen.

IV

—Buenos días, Itziar. ¿Qué tal estás? Anteayer, cuando volvimos, te dejé en tu casa y te vi con muy mala cara. Me pareció normal, evidentemente, porque el sitio de donde veníamos y la tarea que acabábamos de llevar a cabo no eran ningún plato de buen gusto. He pasado dos noches preocupada y en un duermevela incómodo hasta decir basta.

—No me hables de duermevela, Míriam. No he pegado ojo desde entonces. Ni un segundo de descanso. Hoy he tenido que emplearme a fondo para intentar arreglar este desastre de cara llena de ojeras y con signos de no haber parado de llorar al darme cuenta de la ruina que tengo encima. He invertido, como sabes bien, un montón de dinero en la defensa de Alberto. He invertido en detectives privados y en informes de peritos que demuestran que él no es un violador y... no ha servido de nada. No sé qué hacer, no se me ocurre qué puedo hacer salvo hundirme en la miseria. No he tenido noticias de Alberto en un montón de días, que a mí me han parecido un siglo. Sabes que me fui de viaje a Madrid con los niños para intentar serenarme y recomponerme un poco, y él (o eso me han dicho en la cárcel cuando he contactado para ver qué pasaba) no ha podido salir porque ha estado aislado, como todos, por culpa del coronavirus. Mi angustia te la puedes imaginar, porque no hace falta ni que te la describa. Si el día 3 ingresó en prisión, que nosotras lo dejamos en la puerta, no me ha llamado hasta el 19, y luego fueron solo ocho minutos cronometrados y después se cortó súbitamente sin podernos despedir.

—Querida Itziar, no puedes estar a berrinche cada media hora, tú eres psicóloga, tienes que adoptar una postura mucho más relajada porque hay aún mucho camino por delante. No es ese el camino. Tú, independientemente del garrotazo que te has llevado con esta historia, eres una mujer fuerte e inteligente y, mucho más importante, tienes dos hijos preciosos a los que debes sacar adelante porque solo te tienen a ti. Ni la cárcel de Alberto, por muy dura que te resulte, ni el palo que le han pegado por imbécil, te tiene que aplastar a ti bajo tierra.

»Ya sé que puede parecer cruel lo que te digo, pero para eso estamos las amigas de verdad, no solo para tomar café e ir de tiendas y de cotilleos. Estamos para hablar las cosas claras y para apoyar a las duras y a las maduras. Tú has actuado como una mujer enamorada, has estado ciega y has hecho hasta lo imposible por evitar esta hecatombe. Eso ya, según todas las trazas, no tiene remedio. Ahora lo esencial son los niños y Alberto deberá encajar el golpe y actuar también con paciencia, cargando con la responsabilidad de su comportamiento dirigido desde la bragueta, aunque bien sé que no es un violador después de todos los datos que me has dado.

»Me gustaría ser capaz de hacerte una pregunta o, incluso, una propuesta: ¿has pensado, aunque solo sea por un instante, divorciarte de él, mandarlo a hacer puñetas y cobrarte la infidelidad y la vergüenza a que te ha sometido? Ha hecho el payaso y, para mí, por lo que sé, tampoco ha hecho el delincuente, pero el imbécil bien grande sí. El problema ahora lo tiene él, la condena importante le ha caído a él. Tú no eres culpable de nada para estar sufriendo de esta manera, con el estrés saliéndote por las orejas y el corazón desbocado a diario. ¡Joder, que parece que eres tú la que se ha puesto por montera el Código Penal y las normas más elementales! ¡Tú te has dedicado a formar una familia, a sacarla adelante y a trabajar para sacar adelante también un proyecto educativo de éxito!

»Tu fallo ha sido, e insisto en pedir perdón por no darte la razón en todo (y si quieres retirarme tu amistad, retíramela), enamorarte hasta las trancas de quien no lo ha merecido, de quien ha traicionado ese amor con una conducta vil. ¡No me jodas, Itziar!

—Míriam, no le digas imbécil al pobre Alberto, que demasiado tiene ya con lo que lleva encima, y no me des más palos, que tortas ya me he llevado bastantes, por favor.

»Anoche, mientras lloraba sin ser capaz de cortar el llanto de ninguna manera, después de acostar a los niños, me venían a la cabeza aquellos días felices en los que todo era de color rosa. Casi recién terminada la carrera, yo era psicóloga deportiva y trabajaba en la Federación Española de Atletismo. No había cumplido ni treinta años, y allí conocí a José Antonio. ¿Tú crees que Alberto es un hombretón, alto y cuadrado, un negrazo cubano, como he oído cuchichear alguna vez? Tenías que haber conocido a José Antonio. Era un atleta de pies a cabeza, un gigante que hacía la carrera de Matemáticas a la vez que deporte de competición, y su especialidad era el lanzamiento de martillo. Era un armario ropero de cinco puertas —dice mientras esboza una sonrisa con un deje inevitable de amargura.

»Recorrí toda España con él: concentraciones, campeonatos, critériums... Fue una época de vino y rosas, como vulgarmente suele decirse. Nuestra historia de amor, la segunda después de Santiago, duró cuatro años, y fui yo quien la cortó porque empezamos a distanciarnos. Tengo una amiga farmacéutica, Paloma, madrileña igual que yo, que dice que las parejas «tienen que ser mulos del mismo pesebre», o sea, gente de similar cultura, similar formación y parecidos intereses, pues dos caracteres muy distintos nunca se complementan, sino que chocan siempre. La relación con José Manuel se desgastó porque yo me empecé a ilusionar con la idea de montar un colegio y llevar adelante mi gran proyecto vital, la historia educativa inmensa en que me encuentro metida y feliz si no fuera por la tragedia que se ha cernido sobre mí. Ahí comenzó el distanciamiento, porque los intereses de ambos ya no eran los mismos. Veía que tenía que comenzar a vivir otras historias y lo dejamos.

»Unos años antes, yo me había ido a Cáceres a casa de unos tíos para salir un poco de mi ambiente de Madrid y concentrarme en el estudio. Quería preparar una oposición a psicopedagoga para trabajar en un instituto y allí, instalada con mis primos, aprobé la oposición y una plaza en el sitio donde vivía, en Cáceres.

»Esos fueron mis primeros tiempos de éxito. Joven, profesional y con un futuro por delante que preveía esplendoroso. Mientras trabajaba en Cáceres, me llegó la noticia de un puesto de trabajo interesante en Madrid y... ya sabes lo que tira la tierra propia. Conseguí esa plaza de psicóloga y, al poco tiempo de trabajar en mi especialidad, me nombraron directora del colegio. Un poco más tarde, cuando llegó a los propietarios la noticia de que mis proyectos no se detenían y mi ilusión era montar y organizar mi propio centro educativo con dos compañeros que me seguían en esa idea... nos despidieron a los tres y tuvimos que estar más de un año sin ingresos, aunque pudimos poner en marcha el nuevo colegio en Madrid. Yo sé luchar, sé sobreponerme a las situaciones difíciles, pero esta en concreto me ha tocado en el fondo, y ha sido y va a seguir siendo durante mucho tiempo un golpe mortal en mi línea de flotación. ¿Tú has visto la película *El hundimiento*, de Hitler, cuando ya perdía la guerra mundial? Pues así de hundida y abandonada me siento yo, aunque no sea ninguna genocida.

—Vamos a ver, Itziar. Vuelvo a ser abogada del diablo. Antes, aludiendo a tu amiga farmacéutica de Madrid, has dicho que las parejas tienen que ser mulos del mismo pesebre. ¿Tú crees que el pesebre de Alberto y el tuyo son iguales o, siquiera, parecidos? ¿Tenéis la misma formación, la misma cultura, los mismos valores y la misma forma de enfocar la existencia? Y ojo, que no tengo que explicarte que cultura no es sinónimo de sabiduría ni de títulos académicos. ¿Qué tiene que ver la manera de entender la existencia de un negro cubano y vacilón, de esos que están todo el día con el son, la rumba, la conga, Compay Segundo y la Vieja Trova Santiaguera, con una psicóloga madrileña que anda peleando por un proyecto de excelencia educativa y de éxito? ¿Qué tiene que ver un negro caribeño que anda todo el día persiguiendo faldas porque lo llevan en los genes, está en su sangre, con una mujer formal y profesional de la psicología y la enseñanza? Tengo alguna amiga cubana que lo dice claramente: si es fiel, no es cubano, y si es cubano, no es fiel. Así de claro. ¿No has hablado de choque cultural cuando nos hemos referido al gran lío que ha montado Alberto con su proceder? Que yo no digo que sea un violador, pero sí que va siempre armado y ojo avizor por si algo le cae, porque es su condición, como el escorpión del cuento que no podía atravesar un río, hasta que apareció una rana y se ofreció a pasarlo cargado sobre su lomo, y cuando aún no ha acabado de cruzar, el escorpión le clava el aguijón. La rana, agonizando por el veneno, le pregunta: «¿Por qué me has clavado el aguijón? Ahora vamos a morir ahogados los dos». Y el escorpión le contesta: «Es mi condición, no puedo evitarlo». El aguijón del escorpión es como los bailongos cubanos, se tiran piedras a su tejado y arruinan sus vidas cómodas.

»¿Tú crees, mucho más ahora después de lo que ha pasado, que Alberto y tú sois mulos de ese mismo pesebre de tu amiga boticaria? ¿Su manera de afrontar la vida es igual a la tuya o ni siquiera parecida? ¿Su cultura acerca de la familia, del papel del hombre y la mujer en la misma son parecidos? Yo hablo de eso, más bien pregunto, sin conocer a fondo la cultura y la manera de ver la vida que tienen las gentes del Caribe, que me parecen ser bastante viva la virgen, bailonas y bastante juerguistas, con mucho menos compromiso del que aquí exigimos.

—Querida Míriam: desde que se destapó esta historia tremenda, me tiene machacada. Alberto ha metido la pata, y más cosas, de manera importante. Yo no sé exactamente lo que se dice por ahí, pero Alberto no es un delincuente. Alberto ha sido un padre y un marido ejemplar, cariñoso, atento y maravilloso con sus hijos.

»Es un hombre, como tú has dicho, coqueto, caribeño, simpático y al que le encanta gustar. Es dicharachero y jamás he tenido quejas de su comportamiento. En quince años no he tenido ni una queja de nadie y ha trabajado con decenas de mujeres. Lo que le pasó no fue una historia de amor con una persona elegida y buscada, que hace que me engañe a mí, y que busca y tiene una continuidad y un proyecto en el tiempo. No, eso no fue así. Alberto cayó en una trampa una noche de comidas, de copas y adrenalina suelta con motivo de las vacaciones de Navidad. Eso es todo, y eso, con la conducta aquiescente de ella, no es un delito por el que tenga que pasar años y años en la cárcel. Lo diga quien lo diga, el Tribunal Supremo o el Tribunal Internacional de La Haya.

»Cuando yo tuve noticia de este asunto truculento sufrimos una crisis muy importante. Casi dejamos de hablarnos y estuvimos cinco o seis meses alejados, aunque seguimos viviendo en el mismo domicilio. Hasta le busqué un piso para que dejara la casa familiar. Luego se enfriaron un poco los ánimos y retomamos nuestra convivencia con una cierta normalidad, aunque seguía latiendo debajo el runrún del problema. Si todos los matrimonios en los que uno de sus miembros tuviera una aventura puntual se disolvieran, no cabrían los divorcios en el mundo, y eso que ya hay bastantes. Ya he perdonado a Alberto esa traición, porque insisto en creer que ha sido un hecho puntual y no una conducta continuada. Yo estoy enamorada de él y él lo está de mí, los niños lo quieren y lo necesitan, de modo que no lo voy a abandonar y voy a luchar por reconstruir la vida de familia extraordinaria que hemos tenido hasta que nos ha caído esta desgracia encima.

—Seguiremos hablando, Itziar —digo seria y sin dar la batalla por perdida. Tu problema es el amor, lo mismo que a todos los enamorados, que te tiene cegada. El amor, el enamoramiento, es un estado de trastorno mental transitorio que nubla la capacidad de captar la realidad. No hay un solo enamorado que tenga un mínimo de objetividad a la hora de evaluar al objeto de su amor, y tú no vas a ser una excepción. Ya seguiremos hablando con idéntica sinceridad y con el cariño que nos tenemos. Ahora me tengo que ir a clase porque, si no, te pondrías en plan directora y me tendrías que echar la bronca.

V

A lo mejor, o a lo peor, es posible que Míriam tenga algo de razón. Casi nunca nadie tiene toda la razón completa. Es verdad, y yo soy psicóloga, en teoría experta en ciencias de la conducta humana, pero uno no puede evaluar sus propios problemas, mucho más de la mitad de las veces, con la objetividad mínimamente exigible. Mucho menos si estás literalmente atravesada por el enamoramiento, que es un sentimiento muy potente que te trastoca todos los esquemas. Yo repaso mi historia con Alberto una y otra vez y no consigo encontrar ni un pero. Es cierto que con la aventura desgraciada con estas chicas ha ocasionado un auténtico desastre, pero entiendo que ha sido una conducta excepcional y puntual, un hecho único y ruinoso, y no un patrón de conducta permanente. Él ha sido un buen marido, un buen padre, un buen compañero, y este desastre no puede echar por la borda todo lo que hemos formado, incluidos los dos hijos maravillosos, y los recuerdos y vivencias que guardo y que, aun en estos momentos desoladores, me sirven para esponjarme el alma y recrearme en una felicidad pasada y que espero de nuevo algún día.

Creo que me estoy poniendo un poquito ñoña. Es inevitable hoy y aquí, mi único consuelo es volver atrás en el tiempo y dejarme acunar por los recuerdos.

Al poco tiempo de inaugurar el colegio La Vaguada de Madrid —siempre he sido y seguiré siendo muy viajera—, una tarde del 2001, charlando tranquilamente con una compañera del colegio, se nos ocurrió planear un viaje de una semana a Cuba junto con otra amiga suya. Al final, ella se descolgó, así que solo fuimos su amiga y yo. Por aquel entonces no teníamos responsabilidades, ni hijos, ni maridos, ni nada que nos atara, y podíamos vivir libres, alegremente y sin problemas.

Muchas veces me lo han dicho, con afán de crítica, claro, y con cierta mala leche: vosotras podéis decir lo que queráis, pero las dos erais solamente dos madrileñas *salidas* que iban a Cuba, como tantas otras y otros, a buscar rollo, sexo sin compromiso, y dicen que de calidad, y sin ninguna implicación posterior, porque los cubanos se quedan en la isla y las españolas vuelven como si no hubieran roto un plato. En el trabajo nos decían: «Sois dos chicas fáciles, vais allí a ligar mulatos. No estáis contentas —qué frase tan grosera— con el ancho del proveedor que facilitan en España y os vais a buscarlo al Caribe. Dos chonis, en definitiva».

Nosotras en absoluto fuimos a Cuba en busca de turismo sexual. Yo tenía ganas de vivir y de ver La Habana sin un McDonald's ni un Burger King, una ciudad alejada de la cultura americana. Mi hermano me había hablado mucho y bien de la isla y planeamos el viaje por pura curiosidad. Te aseguro que jamás pasó por mi cabeza encamarme con ningún nativo de allí. No era ese mi pensamiento en relación con el viaje.

El primer impacto de Cuba fue importante: la pobreza de las calles sumada a la alegría y la despreocupación de sus habitantes, la gente que rezumaba miseria, con vestidos baratos y precarios porque, con ese clima, no hace falta más. La música en cualquier rincón y la vida despreocupada de viva la virgen, sin proyectos de nada ni futuro, viviendo intensamente el presente y todo el día de rumbeo; la expresión viva del *carpe diem*. Nada más bajarme del avión ya quería volverme. El color de la gente y de las calles, la humedad, el olor... En el fondo de todo, yo veía la tristeza. El impacto fue determinante y me dije: «Esto no pueden ser mis vacaciones».

Me sobrepuse a ese primer golpe, no sé bien cómo, y en nuestra primera salida del hotel, el Habana Libre, recién llegadas, sin problemas por el cambio de hora ni nada, solo con ganas de fiesta y de disfrutar, conocimos a un chico cubano que, al decirle que éramos españolas, nos cuenta que está hermanado con la Universidad de Alicante y trabaja con Eusebio Leal, el historiador de La Habana —rápidamente, después de preguntarte quién eres y de dónde llegas, encuentra un enganche para intentar presentarse como alguien de confianza. Un cuento chino o... cubano—. Hablamos un poco, nos reímos y de inmediato nos ofrece vendernos una moneda rarísima, que solo él tenía, del Che Guevara. Nos pareció simpático, un Buscón o un Lazarillo de Tormes en los inicios del siglo XXI, y lo cogimos de guía. Era el típico liante que se buscaba la vida acompañando a turistas, enseñándoles cosas supuestamente únicas de La Habana y no sé si con alguna otra actividad.

Para tratar de fijarnos como clientas a mi amiga y a mí, nos ofreció una copa en un «sitio no turístico» y nos llevó a un garito llamado El Gato Tuerto, cafetería, restaurante y sitio de copas, cerca del hotel en el que nos hospedábamos. Allí conocí a Alberto. Jamás podría haber imaginado, ni por lo más remoto, que aquel día de emoción y encantamiento en el más pleno sentido de la palabra iba a desembocar en la tristeza y el hundimiento de hoy.

Nada más entrar en aquel Gato Tuerto vi a Alberto con su espectacular sonrisa, una sonrisa tan blanca como su camisa, alto..., atlético. Me pareció maravilloso, fue un flechazo instantáneo que no pude ni quise reprimir. Me miró, se acercó hasta mí con un mojito, y casi me hizo tomarlo a base de ligoteo, envolviéndome en su hablar cadencioso y adulante. Desde ese día no nos hemos separado hasta hoy, salvo las necesarias idas y venidas a Cuba al principio. A él no lo dejaban salir de allí ni le daban el visado para venir a España, y eso supuso una auténtica tortura. Era imposible separarnos. Hasta hoy. Mejor dicho, hasta hace unos días, que lo dejé en la puerta de la cárcel de aquel desierto murciano.

Aquella primera tarde-noche de El Gato Tuerto nos pasamos toda la velada tomando mojitos, charlando y riendo. Me sentí, no voy a negarlo, embaucada desde el primer minuto, y transportada al paraíso. No hubo más, en aquella noche mágica. No pude dormir, mi cabeza daba vueltas, lo veía en cada rincón de mi habitación del Habana Libre, absolutamente hechizada.

«¿Te has dado cuenta, Itziar?», me dijo el otro día Míriam, creyendo encontrar la brecha para seguir defendiendo su teoría sobre la inconveniencia archidemostrada del cubano. «Un cubano ligón que estaba allí para eso, y si no te encuentra a ti le habría ofrecido el mojito a otra, porque ese es su estilo de vida, está en su condición, como en la del escorpión está en clavar su aguijón. ¡Leches, que no te enteras! Explícale tu encuentro y todo lo demás a cualquiera y verás como el diagnóstico es el mismo.»

Alberto trabajaba en otro hotel, el Riviera, pero al despedirnos me dijo que vendría a buscarme. Cumplió su palabra y estaba en la puerta nada más terminar su turno de trabajo. Me fui con él desde el primer minuto. Lo encontré guapísimo, me reí mucho y eso es lo que más recuerdo, la risa que ahora se ha tornado llanto sin remedio por esta maldición que nos ha caído encima en forma de denuncia descerebrada que ha encontrado oídos y atención en todos los estamentos oficiales. Esos estamentos andan irremediablemente sumergidos en la ola de que todo lo que diga una mujer que va de agredida es cierto sin necesidad de mayor prueba, porque «esas conductas siempre se dan en la intimidad y casi nunca hay testigos». Por principio, si eres hombre, eres culpable. Se pone en marcha el sistema y, luego... ya veremos. Eso he oído yo en algún sitio.

Por la mañana, en La Habana y con mi amiga, íbamos por libre, sumergidas mi amiga y yo en el ambiente habanero de música, sol y mojitos. Eso mientras Alberto trabajaba, porque por la tarde, exclusivamente, me dedicaba a él en cuerpo y alma.

Hasta intenté cambiar en la agencia de viajes el contrato de mis días de vacaciones, porque había pactado cinco días en La Habana y cinco en Varadero, pero la agencia no me lo permitió. El primer día que me trasladé, me dije: «No quiero estar en Varadero, no pinto nada en esta ciudad si con quien quiero estar es con él», así que me volví a La Habana para estar con Alberto. Ahí ya estuvimos juntos, nada de casta y pura como al principio, sino juntos a todos los efectos. Si Winston Churchill hablaba de sangre, sudor y lágrimas, lo nuestro esa semana fue sexo, sudor y risas. Fueron las risas, la felicidad que jamás había disfrutado, lo que me conquistó para siempre. Unos días completos y extraordinarios, pero... se acabaron mis vacaciones y tuve que volverme a España.

Nada más aterrizar en Madrid comencé a preparar el siguiente viaje. A los siete días justos —me quedaban algunas vacaciones— regresé a La Habana. Solo para estar con Alberto. Me gasté una fortuna en el billete y me fui sola. Si lo pienso bien, fui un poco o bastante aventurera e inconsciente. Me fie de él y fui sin saber lo que me iba a encontrar.

Mi sentido común me decía que era una locura, pero algo dentro de mí me empujaba a dejarme ir, totalmente colgada y... enloquecida, sí señora. En ese momento pensé: «La vida está hecha para vivirla, y si esto se pone en mi camino es por algo», así que me fui sin ningún cortapisas y saltándome todas las normas elementales de prudencia y de sentido común.

Alberto no me falló, lo nuestro no fue un espejismo ni una aventura loca de unas vacaciones. Él poseía un apartamento bien situado, tenía trabajo, y me quedé en su casa porque ya había supuesto bastante ruina el billete de avión.

Cuando regresé a España me fui a continuar mis vacaciones a Marbella, pero estando con mis amigos me asaltó de nuevo la pregunta: «¿Qué pinto yo aquí si Alberto está en La Habana?». Se lo dije a mis amigos, me entendieron, aunque algunos, nuevamente, pensaron que estaba loca, y otra vez me marché. Lo pensaba y lo hacía, sin freno, sin barreras de ningún tipo. Ida y vuelta desde España a Cuba, no desde Madrid a Fuenlabrada..., una locura, lo admito. Totalmente colgada de él. Estuve casi todo el mes de agosto allí con Alberto. Fue el mes más maravilloso de mi vida, el más feliz con diferencia. Una vez más, risas, intimidad, cariño y calor hasta derretirnos. En un coche alquilado recorrimos la isla entera, en todas las direcciones, de arriba abajo, y viviendo a tope el *carpe diem*. Aquello sí fue vivir el presente sin pensar en nada que no fuese disfrutar con todos los sentidos. Mi aventura cubana fue un diez.

La locura no acabó ahí. Regresé una cuarta vez a final de agosto y me volví a ir otra vez más durante el puente de Todos los Santos, a principios de noviembre. Mientras tanto, él me escribía correos todos los días y yo me arruinaba con el teléfono, porque hablábamos varias veces a diario. Un desastre y una sensación maravillosa de estar volando siempre, elevada varios palmos sobre el suelo. Cada resquicio que cogía era para hablar con él, y además viajaba a La Habana en cualquier festividad que pudiera, como en la Inmaculada, las Navidades y los Reyes. Una ruina económica en mi cuenta corriente. Cualquier hueco era una buena excusa para escaparme a Cuba a verlo, porque él, cubano, no podía venir de la isla. Lo intenté traer de mil maneras a España: cartas de invitación, contratos de trabajo que no funcionaban, ofrecimientos de amigos y familiares..., pero nada servía para la burocracia española de Extranjería. No sé cómo tantos extranjeros consiguen entrar y quedarse en España cuando a mí me fue imposible traer a Alberto de ninguna de las maneras.

Ya sé lo que pensaban muchos: «Esta se ha encoñado y ha perdido hasta el oremus detrás del cubano» —a más de una y de dos me las imagino murmurando y poniendo gesto resabiado a la vez que, por dentro, andan muertas de la envidia—. No fue solo eso, lo tengo meridianamente claro.

Me enamoré y mis sentimientos y mi vida entera fueron entonces una explosión de sensaciones nunca vividas. Lo mismo que las de ahora, desgraciadamente, lo que pasa es que estas están en el punto opuesto de aquellas, porque la ruina absoluta se ha cernido sobre mi vida y la de mis hijos. ¡Oh, Dios! ¿Cómo ha podido ocurrirme esto a mí? ¿Qué hado maligno, qué bruja malvada, como aquellas criminales de nuestros cuentos infantiles, me ha echado mal de ojo para hundirme en la miseria a mí y a mi familia?

Un día, tomando una cerveza con María José, una mamá del colegio que se había quedado viuda hacía poco tiempo —ahora sonrío recordando este episodio y mi sonrisa es agridulce, atravesada sin remedio por la tristeza—, me cuenta:

—La muerte de mi marido supuso para mí una tragedia. Me dejó fundida, desorientada, y me creí sin capacidad de reacción, pero... la vida sigue, nosotros seguimos y yo soy una demostración de esa realidad. He conocido a un chico cubano...

No la dejé acabar la frase, con mi expresión alborozada y de asombro.

—¡No me fastidies! ¡Yo también he conocido a otro chico cubano! ¡Pero ¿qué pasa en Cuba?! —pregunté a grito pelado y entre carcajadas que brotaban, creo, de la camaradería surgida de repente entre nosotras por vernos y sentirnos con idénticas ilusiones e idénticos problemas—. He iniciado una relación con él. No es lo que la gente se cree y murmura. No es una relación superficial de una chica soltera y caprichosa que fue a Cuba a buscar sexo de calidad y alegre, desahogado, potente y sin compromiso. No es eso. Mi relación tiene un futuro y yo quiero que ese hombre, Alberto, sea el hombre de mi vida para siempre.

—¿Tú no crees que esto sea una locura? —me preguntó María José con un gesto casi de terror en sus ojos.

María José y yo coincidimos en casi todo, salvo en que yo era soltera y ella viuda. Nos liamos la manta a la cabeza, nos pusimos el mundo por montera y nos fuimos para Cuba, siempre Cuba. De nuevo fueron unos días maravillosos. Ella se fue de turismo con su cubano por todo su país —con el que luego no siguió, por cierto—, aunque se tuvo que volver a La Habana antes de tiempo porque se les rompió el coche en Camagüey. En Cuba todos los coches están permanentemente rotos o en reparación, no creo que haya un parque móvil más decrépito y escacharrado y, a la vez, más brillante y elegante en el mundo. Eternamente reparado y milagrosamente funcionando.

Los cuatro juntos, en este viaje, disfrutamos, nos reímos y fuimos felices, dejando atrás todo lo que sonara a problema o a conflicto, o a lo que nos esperaba a nuestra vuelta a España. Pasábamos noches enteras en el Malecón habanero con grupos musicales que contrataba Alberto, porque conocía allí a todo el mundo, cantándonos boleros y son cubano.

De todas formas, era imposible seguir así, y después de varios años viajando a Cuba en cada festividad destacada —que ya me conocían todas las tripulaciones de Iberia y del resto de líneas aéreas—, y lejos de parecer una turista más, decidí que teníamos que casarnos porque la relación, en lugar de enfriarse por la lejanía, se afianzó todavía más.

Nos casamos en La Habana y nos registramos como matrimonio en la embajada española. Después de la boda —no puedo evitar reírme, aún consciente de la hecatombe que ahora tengo encima después de tanta peripecia y de lo que he tenido que pasar—, incluso nos hicieron una entrevista por separado, para ver si habíamos celebrado un matrimonio de conveniencia, porque parece que es algo bastante común para conseguir pasaportes de la Unión Europea. Para demostrar que nos conocíamos nos preguntaron nuestro color favorito, en qué lado de la cama dormía cada uno, cómo nos llamábamos cariñosamente entre nosotros, qué comida le gustaba al otro, cuál era el nombre de nuestros padres y cuestiones similares. Teníamos que demostrar que nos conocíamos, y el nuestro no era un matrimonio repentino ni previo pago de su importe para conseguir la ansiada documentación. Digo yo que, si hubieran sido espabilados, podrían haberse ahorrado los interrogatorios. Bastaba con haber mirado mis vuelos desde Madrid a La Habana o mis facturas de teléfono, incluso revisar las múltiples peticiones desatendidas para que Alberto viniera a España, y habrían sabido de inmediato el carácter de nuestra relación.

El cónsul, después de la boda y de los interrogatorios y cuestionarios a que nos sometieron, nos recibió y dio por bueno el matrimonio. Aun así, tardaron seis meses en darle a Alberto el permiso para viajar a España. Cosas de la burocracia o de asegurarse, por el mero paso del tiempo, de que estaban ante un proceso limpio y con buenas intenciones. Yo ya estaba cansada de decirle a María José, la amiga que me acompañó aquella vez: «¡A la mierda todo!». Porque parecía que el proceso administrativo no tenía nunca fin.

VI

Está feo decirlo, pero hoy, mientras disfrutaba mil sensaciones íntimas y distintas con Jorge, me ha venido Itziar a la cabeza. Evidentemente, no es el mismo que a ella, pero me embarga a veces, sin remedio, un sentimiento grande de impotencia. En menuda tempestad anda aún metida esta mujer. Sigue dando vueltas y más vueltas sobre cómo librar a su marido de la que le ha caído encima y cómo recomponer su familia. Es una luchadora incansable y hasta me parece un poco obsesiva con el asunto en el que no se rinde nunca. Anda mirando abogados, detectives..., porque su convicción es inamovible: Alberto no es un violador. Tan firme como la decisión de los jueces que, por mayoría, pero con un voto particular, como ella recalca a cada paso, afirma lo contrario.

No sé cuánto dinero lleva gastado Itziar a estas alturas en abogados y en investigaciones, en informes periciales y en no sé cuántas historias más que no entiendo, porque lo mío es la literatura y la lengua inglesa y no el derecho penal ni los juicios. Con lo fácil que habría sido para ella coger un novio español, un tipo de su horquilla, un psicólogo, un médico, un abogado... y haber vivido un matrimonio convencional, rutinario, sin sobresaltos y aburrido como todos —menos el mío, claro—, que, después de lo que estoy viendo aquí, un matrimonio rutinario es un punto importante y a valorar, una joya casi imposible como la perla valiosísima de la parábola evangélica.

—Yo trabajo en el colegio que ella dirige, pero antes que profesora de su centro soy amiga suya. Ya hemos hablado más de una vez del drama que tiene en su casa. Hace algunos días la acompañé a llevar a su marido a la cárcel, y era yo la que iba conduciendo, porque a ella le resultaba imposible, de cómo llevaba el corazón encogido. Iba a conducir su hermano, pero también estaba muy afectado, y fui yo la chófer. Lo comentamos el mismo día, acuérdate. Si antes estaba hundida, ahora lo está mucho más. No le resulta posible superar la ausencia de Alberto. Está removiendo el mundo entero porque no acepta la condena que le ha caído, una losa pesada, mortal e inevitable.

»Fíjate, querido, que creo que ella está más afectada que él. Alberto es quien está preso, pero es ella la que sufre en primera persona, de una manera insoportable, el destrozo que esa condena ha ocasionado en su familia, o eso es lo que percibí durante el trayecto hasta la prisión. Fuimos en el coche hasta Fontcalent y luego hasta la prisión de Villena, acuérdate que nos confundimos de sitio y tuvimos que viajar más allá de Murcia, hasta Campos del Río, un recorrido turístico por las cárceles del sureste español. Él iba tranquilo y en silencio, y ella desmadejada y sin poder evitar el llanto desatado. Yo creo que él sigue siendo un viva la virgen que se adapta a todo, un superviviente que piensa que esto le ha salido mal y espera a que pase la tormenta.

»La sentencia es firme porque así lo ha dictaminado el Tribunal Supremo, pero Itziar ha buscado otro abogado intentando que remueva Roma con Santiago, porque está convencida de que la defensa que tuvo su marido no fue todo lo eficiente que tenía que haber sido. Está contratando hasta detectives para demostrar que no es verdad lo que los tribunales han dado por sentado: los delitos que las chicas denunciaron en su momento y ellos han firmado como si fuera palabra de Dios (haciendo más caso a los abogados de la parte contraria y a las supuestas víctimas que al acusado y a los defensores, no sé si esto es lo normal). Ella dice, incluso, estar convencida, y se dejaría despellejar por ello, de que lo que ha dicho el Supremo, que es el máximo organismo judicial al que se puede acudir, lo ha escrito de manera mecánica, burocrática y sin estudiar a fondo todos sus argumentos. Itziar no se resigna, sigue peleando y anda sumida en un pozo del que veo difícil sacarla. Es mi amiga y esa situación me hace sufrir lo indecible.

—Vamos a ver, Míriam. Tú sabes que yo soy periodista de Cultura, que a mí no me van los cotilleos ni la prensa amarillenta ni el ultrafeminismo tan de moda, ni los sucesos con morbo y sangre. El periodismo cultural consiste en eso, en libros, poesía, teatros, pintura, publicaciones, música, eventos..., cuestiones poco problemáticas salvo fracasos sonados y alguna crítica política puntual. Posiblemente, la mía es una instalación cómoda en una realidad casi virtual y tranquila, porque la casquería y la sangre se la dejo a mis compañeros más jóvenes, esos que están empezando y se tienen que acostumbrar a la briega, a las vigilancias eternas y fatigosas de *paparazzis*, a pulular por comisarías, cuartelillos y juzgados, esperando cazar la mejor exclusiva.

»Dicho esto, te diré que el mundo de la Justicia me merece la misma confianza que el del periodismo, es decir, ninguna. Dicen que la prensa es el cuarto poder, después de los tres que describió Montesquieu, y en cuya división está basada la esencia de la democracia. Al Ejecutivo, aunque mande y decida en tantas cosas, tú le puedes pegar y ponerlo verde que no pasa nada. Al Legislativo, exactamente igual, aunque las presiones de los políticos con su publicidad institucional y las relaciones que tienen con los dueños de los medios son muy potentes, incluyendo el reparto de medios, que no es cuestión sin importancia, y en bastantes ocasiones evitan y echan por tierra más de un reportaje y más de cuatro. Al Poder Judicial, en cambio, no puedes ni tocarlo. Fíjate en los políticos, de cualquier partido, me da igual. Se pelean a muerte entre ellos, aunque luego, después de haberse dicho "perro judío" ante un micrófono, los puedas ver tomando cervezas en el bar del Congreso y riéndose como si no hubiese pasado nada, que yo estoy harto de contemplar esos cuadros. Perfecto. Ellos se pueden acusar de todo, decirse todas las barbaridades porque entra en su sueldo y en su teatro. Tan pronto sale la actividad de un juez o una sentencia de por medio, se acaba la discusión y la frase es idéntica para todos: eso está en manos de la Justicia. Yo respeto las decisiones judiciales. Nunca comento ni critico una resolución de los jueces. Así, muy respetuosos, aunque sea de puertas para afuera y acojonados, no sea que los jueces les metan un cuerno y tengan que empezar con las componendas y a defenderse de quienes les piden que dimitan, porque están inmersos en un procedimiento judicial. Ese es el sistema, el gran teatro del mundo en el que andamos sumergidos y del que nadie puede escapar.

—¿Son los jueces unos intocables? Yo no entiendo ese poder casi omnímodo. Los jueces son unos señores con mucha formación, con muchos conocimientos, con la cabeza muy bien amueblada por lo general y que han aprobado unas oposiciones muy difíciles, pero de ahí a erigirse en un poder, casi sobre la vida y la muerte, como el que tenían los antiguos mandamases romanos, va un abismo. Este es el sistema y no hay otra. Unos deciden, unos imponen y el Estado tiene la capacidad (la judicial no es sino una institución, tal vez la más poderosa quitando a Hacienda, aunque Hacienda también esté supeditada a ellos) de obligarte, por las buenas o por las malas, a hacer y a cumplir lo que él decide a través de los órganos que él mismo ha montado, instituido, organizado y mantenido, o llámalo como te dé la gana.

»¿Me ha quedado bien? Pues entonces vamos a dejar la crítica y la argumentación política y vamos a volver a lo nuestro, porque creo que la faena carnal, personal e intransferible no está todavía completa y hay que terminar de bordarla para dejarla niquelada y perfecta.

VII

—¡Cariño, coge tu teléfono, que lleva un rato sonando y no le haces caso!

Es Itziar. Hay veces que piensas en una persona o hablas de ella y a los dos minutos te llama o te la encuentras por la calle. Tienen que ser los hados o los genios benignos o malignos de que hablaba Descartes, que eran los que posibilitaban el encuentro de la *res cogitans* con la *res extensa*, de la materia con el pensamiento.

—Itziar pide disculpas porque entiende que es un poco intempestiva su llamada, pero como te conoce y sabe lo comprensivo que eres, me pide que me acerque a su casa. Está muy nerviosa y necesita verme diez minutos. Fíjate, la pobre, me dice que te cuente algún achaque pero que no te cuente que es su nerviosismo el que la ha hecho llamarme, como si no supiera de sobra que no tengo secretos para ti.

La casa de Itziar me coge a dos calles, quinientos metros escasos. No obstante, utilizo el coche porque, si tardo en volver, no quiero andar sola por ahí a horas intempestivas.

—Ya estoy aquí, querida amiga, verás que acudo rauda y veloz a tu llamada —digo sonriendo e intentando quitarle hierro al asunto, porque le veo una cara de pocos amigos y de tensión que no desearía para mí—. ¿Qué se te ofrece para llamarme a estas horas de la noche?

—Míriam —responde, una vez más al borde del llanto, una situación que se ha convertido casi en crónica, en su estado habitual por las circunstancias que la rodean y la desbordan—, de sobra sabes cuánto me duele importunarte. Te he llamado porque necesitaba alguien con quien hablar. Los niños se han acostado hace un momento y me aguanto muchísimo de exteriorizar nada ante ellos. No quiero de ninguna manera que sepan el calvario por el que estoy pasando, aunque me temo que lo intuyen. Me encuentro metida en un pozo sin fondo, no dejo de darle vueltas a mi situación y no sé cómo salir de ella ni cómo he llegado hasta aquí.

»Yo me imaginaba una existencia feliz y sin problemas, había encontrado el amor, el que creía, y aún creo, el amor de mi vida. Yo, después de casarme con Alberto y con sus dificultades burocráticas para venir a España, seguía yendo a Cuba casi cada fin de semana, y me encontraba arruinada absolutamente a base de billetes de avión y facturas de teléfono. Mi amiga María José, que ya había dejado a su cubano, intentaba que yo entrara en razón, pero mi frase favorita entonces era: «A la mierda todo, voy a seguir con él».

»Por fin conseguí traerlo a España después de mil trabas. Pasamos unos días en Madrid que fueron una auténtica luna de miel. Me dediqué a enseñarle a Alberto lo que había sido mi vida, los sitios en los que había vivido, en dónde había estudiado... Era como si un marciano hubiera llegado a la Tierra. Le cuadraba perfectamente el extraordinario libro de Eduardo Mendoza *Sin noticias de Gurb*. Se asombraba de todo: las luces de noche, los semáforos y los coches que se detenían ante ellos, la limpieza de las calles, los restaurantes, los museos, el modo de pasear de la gente, la abundancia general, y los edificios grandiosos y bien cuidados en contraste con la decrepitud envejecida, sucia y desangelada de La Habana. A él todo le parecía admirable y maravilloso. Pienso que imaginaba estar en un sueño que no acababa de creerse ni tampoco el haber desembocado en nuestra situación feliz, de película rosa, y fíjate cómo nos encontramos ahora. No digo cómo hemos acabado porque esto no se ha terminado aún, pero estamos en pleno padecimiento. Yo estoy sufriendo como un cerdo llevado al matadero, pero sigo firme en mi decisión de no dejarlo abandonado.

—Lo sé, querida mía, lo sé —Míriam se expresa con un tono de decepción, como si le doliera lo que está diciendo—, ya hemos hablado esto más veces, pero tú eres una mujer invencible y no abandonas la pelea por nada. No das tu brazo a torcer en ninguna circunstancia. Se ve que el amor te ha dado de lleno y se ha instalado en ti hasta los mismísimos huesos. El amor te ha invadido irracionalmente. Cualquier mujer en tu situación habría sufrido, eso es evidente, pero habría dejado al marido sin ningún género de dudas. Tú podrás pensar como quieras, pero yo me siento obligada, además de a acompañarte y estar contigo como tu amiga que soy, a ponerte los pies en el suelo. Alberto te ha sido infiel. La suya ha sido una infidelidad escandalosa, que te ha comprometido gravemente, porque ha tenido lugar en el ámbito del trabajo, donde las paredes son de papel y donde se sabe hasta el último pensamiento de cada persona que anda por allí (de sobra sabes tú hasta qué punto en el colegio, como en todos los sitios similares, se cotillea sobre cada gesto y cada situación) y donde tú eres la directora, no cualquier trabajadora que anda por allí. Esa infidelidad y ese avergonzamiento, ese comprometer mi futuro en todos los terrenos —no sé si esa palabra está bien dicha o existe— yo no lo habría perdonado jamás.

—Míriam, ya te dije lo mismo ayer o anteayer. No me des más leña, que leña tengo suficiente para llenar unos cuantos carros, varios camiones, podría decir. Alberto tuvo un día, una tarde, una noche de copas, de agitación, de tontería y de dejarse llevar por una mujer que le tendió la trampa maestra, en el lugar y a la hora perfecta. Fue un hecho puntual. No tenía un rollo con ella, no eran amantes ni estaban enrollados con ninguna estabilidad. ¿No lo entiendes? Una cosa es tener un lío estable, y otra perder la cabeza una noche de farra.

»Ya te conté que, cuando tuve conocimiento de la denuncia que habían puesto estas mujeres, estuvimos seis meses separados, sin tocarnos. Pensé en el divorcio y en mandarlo a hacer puñetas, estaba totalmente endemoniada. Luego ordené mi cabeza, me recompuse y di más importancia a mi familia que a ese episodio desgraciado.

—Bueno, querida —intento contemporizar y ponerme en plan pacífico y asertivo, aunque guardo en la mochila algún argumento contundente para otra ocasión—, me has pedido que no te dé más caña y no voy a hacerlo porque he venido, atendiendo tu llamada, a estar contigo y a apoyarte. Yo no soy jurista, ni jueza ni abogada, sino maestra de inglés, y los argumentos jurídicos valen muy poco ahora que ya se han pronunciado los dioses del Olimpo. Algo más podría decirte, aun conociendo solo los episodios de este asunto tan turbio por parte de los rumores circulantes y por tu parte, pero por hoy, como tú dices, ya te he dado bastante caña y no quiero profundizar en ninguna herida.

—Ni te imaginas hasta qué punto agradezco tu apoyo, Míriam. Ni te imaginas cuánto vale que una amiga como tú, ahora que estoy machacada y hecha mierda literalmente.

»Por fuerza tengo que vivir de mis recuerdos. En esta situación de hundimiento personal y social (no te imaginas hasta qué punto pueden dañar los comentarios hirientes, las maledicencias e incluso el disfrute que se nota en algunos) solo encuentro un poco de paz en evocar los días en que todo era una felicidad que parecía indestructible.

»Yo empecé a trabajar en este colegio, La Vaguada, desde su apertura. Me vine de Madrid y, evidentemente, mi marido se vino conmigo. Él trabajaba en otros sitios, por ejemplo en un hotel con club de golf. ¡Qué pena y qué desacierto que no hubiera seguido trabajando en ellos! La decisión de traerlo a trabajar al colegio fue exclusivamente mía, un error garrafal, como ahora se ha demostrado. Yo pretendía conciliar nuestra vida familiar y nuestro trabajo, el de los dos. Pretendía hacer semejantes nuestros horarios y nuestras vacaciones y no que yo estuviera un domingo desayunando en una terraza y él trabajando en el hotel o yo de vacaciones en agosto y él con más trabajo que en ninguna otra época del año. Ese y no otro fue el motivo de traerlo al colegio, porque acabábamos de tener un hijo y no me parecía que tuviéramos que seguir aguantando esos horarios tan dispares. Además, él era deportista, y habla perfectamente inglés. Ya en Cuba había trabajado en tareas deportivas, porque es judoca, jugaba al beisbol y era nadador.

»Vi la opción de que preparara los cursos de monitor de natación y me dije "esta es la mía". Pensé: "Él puede preparar los cursos con los niños en la piscina y ser allí el monitor de natación". Ese día tendría que haber venido alguien como tú, peleona y con la cabeza bien amueblada y haberme quitado esa idea, pero ese alguien no estaba. En el 2008 entró a trabajar.

»Se adaptó muy bien a España porque, volviendo a la teoría de «hay que ser mulos del mismo pesebre», la realidad de Cuba tiene que ver muy poco con la nuestra. Se integró magníficamente en mi familia. Mi padre ya estaba enfermo cuando él vino y no tuvieron demasiado trato, pero con mi hermano se hizo superamigo desde el primer minuto, encajó muy bien porque tenían muchos puntos en común. Él se trajo a sus padres consigo y también se integraron muy bien. También por eso fui criticada y algunos hablaron de "esta tonta que carga con toda la *troupe* cubana". Ahora solo vive ya su padre y menuda, también, la cruz que le ha caído encima. A él y a mí, a los niños y no sé a quién más.

»Alberto es muy familiar, mucho más que yo, que soy más distante y estirada. Jamás tuvo un problema con nadie ni recibí la menor queja de su comportamiento. Habíamos sido novios eternos hasta que yo, con ayuda de la ciencia, me quedé embarazada en el 2007. No soy imbécil y era consciente de que una cosa era la relación festiva y jacarandosa de Cuba (yo yendo y viniendo, arruinándome y todo el día de música y mojitos) y otra bien distinta la vida de familia con un trabajo y una casa que llevar hacia delante. La nuestra era una relación estable y sólida, con una convivencia pacífica. Alberto entendía mi vida y la respetaba.

—Venga, Itziar. Ya está bien de películas románticas y edulcoradas, que esto parece *La casa de la pradera* en la que tú vivías de pequeña. ¿Tú te acuerdas de esa película en la que todo era miel y dulzura? Nunca una mala cara, el amor chorreaba por las orejas y hasta el problema más peliagudo se solventaba con sonrisas beatíficas y con caídas de ojos que a mí me resultaban estomagantes.

»Entiendo que en tu situación de depresión motivada más que de sobra intentes vivir de tus recuerdos, pero yo, tu amiga por encima de todo, no puedo darte cuerda en esa película por más que me proponga no darte más caña de la que tienes encima. ¿Me explico? Yo intento estar contigo, acompañarte y ayudarte, pero eso no es sinónimo de darte la razón en todo como a los tontos, ni dejar que te enfangues y no veas en qué pozos te metes.

»¿Tú sabes que, por ejemplo, en los bancos, cuando dos empleados de la misma sucursal, cosa que pasa muy a menudo, se hacen novios o se casan, destinan a cada uno a una sucursal distinta? Eso tengo yo entendido, al menos. Es contrario a la política de muchas empresas tener miembros de la familia en el mismo lugar de trabajo, porque se mezclan y se confunden intereses y problemas y se trasladan de la casa al trabajo y viceversa.

»Conozco yo una cárcel precisamente porque tengo una amiga que trabaja en ella como administrativa, y que no es en la que está tu marido, en la que hubo un coladero de familiares cuando comenzaron a salir plazas de personal laboral. Entonces no era tanta la publicidad ni la transparencia para acceder a puestos en organismos del Estado, y se colocaron como cocineros, lavanderos, limpiadores..., familiares de funcionarios que ya estaban destinados allí y que tenían conocimiento de la existencia de plazas. ¿Sabes cómo fue todo? Un auténtico desastre, un batiburrillo de chismes y de enfrentamientos soterrados o abiertos, porque los problemas y los líos familiares acababan influyendo en el ambiente laboral. ¿Tú has oído el famoso dicho, verdadero como que ahora mismo es de noche, "donde tengas la olla no metas la polla", y perdona la grosería? Pues ese es el asunto. Yo podría contar historias de aquel batiburrillo, porque me las ha contado mi amiga, y no acabar.

VIII

—Lo has dicho bien, Míriam: yo soy también un árbol caído y destrozado. No me quedan ni siquiera ganas de reírme con esa historia chusca. Yo quiero a Alberto, no quiero dejarlo abandonado después del gran desastre que ha organizado (mejor dicho, lo han organizado perfectamente las otras, pero él dio pie a ello con su conducta imbécil, de lebrel babeante ante una tía vulgar y que no vale nada). Ahora es un árbol no solo caído y destrozado, sino encarcelado él y toda su familia a la vez, porque con él estamos todos en la cárcel. Así es de fuerte como suena.

»Nunca habría imaginado una situación así, Míriam. Ya sabes que el cornudo es el último en enterarse, que está todo el mundo al tanto de las aventuras de unos y de otras, y una, la víctima del engaño y de los cuernos, sigue viviendo en el mundo de Heidi, convencida de que todo el mundo es bueno y tu casa y tu familia son islas de paz y de felicidad.

»Ya te he dicho que el comportamiento de Alberto era ideal. Entendía mi vida y mi trabajo y los respetaba. Compartía las tareas de casa. Jamás noté machismo en él, cosa muy rara en un caribeño cubano. Era superrespetuoso con mis amigas y todas, de la primera a la última, querían siempre y en cualquier fiesta bailar con él, porque lo hacía muy bien. Ya sabes el don especial que para ese menester tienen los cubanos, que en Cuba todo se celebra con son y bailando, no hay otra manera. Él, siempre, como acomplejado de su situación de extranjero que había accedido al paraíso desde el tercer mundo, se mantenía en un segundo plano, y en nuestras reuniones sociales, que eran muchas y con muchas mujeres de todo tipo, jamás ejerció ni se manifestó como ligón ni como perseguidor ni buscador compulsivo de mujeres.

—Vamos a ver, Itziar. Tú eres psicóloga, en teoría sabes mucho de conductas y dominas los comportamientos y los mecanismos de adaptación al medio del ser humano. De nuevo te tengo que dar caña: tu imagen no es real. ¡Hostias! Lo tienes idealizado y deformado en beneficio de él, evidentemente. ¿Se te ha ocurrido pensar que dos millones de maridos tienen un comportamiento ante su mujer y otro muy distinto cuando ella no está presente? ¡Leches! Eso es el abecé de la vida matrimonial, que yo conozco maridos que son unas malvas cuando está su mujer delante y se vuelven unos golfos tan pronto esta se da media vuelta y andan de farra con los amigotes.

—Querida mía, insisto en lo que te he dicho antes. Alberto no era un santo y yo no lo voy a canonizar, mucho menos ahora que está en la cárcel y con una condena excesiva y polémica desde cualquier punto de vista. Reconozco que no soy objetiva para juzgarlo y que el amor es un filtro que, muchas veces, te oculta y te deforma la realidad.

»Él, cuando llegó a España, acostumbrado al lenguaje y a la cháchara cubana, le decía a todo el mundo "mi amoooor". Ya sabes, en ese tono meloso y musical tan propio. Tuvo que cambiar sus expresiones y su lenguaje porque era inadecuado y porque yo se lo impuse. La gente, incluso los hombres, se extrañaban cuando se dirigía a ellos así: "¿Cómo que *mi amor*?".

»Era amable, divertido, cariñoso y siempre sonriente con todos. Yo le ordené seriedad como si fuera un sargento chusquero, porque era muy expansivo, y le dejé muy claro que aquí no se saludaba diciendo "¿cómo tú estás, mi amor?", con ese deje cubano que suena también a ganas de cachondeo y de fiesta. Yo le impuse que dejara ese estilo festivo y cachondo (lo que son las culturas distintas y los mulos de distintos pesebres). Mucho más a raíz de la denuncia de estas mujeres, cuando le dejé claro que se había terminado el compadreo y la risa, para que nadie malinterpretara su estilo y su modo de conducirse. Demasiado tarde.

»¡Joder! Es que él no salía con nadie salvo conmigo, no era hombre de copas ni de salidas con amigos. Se limitaba a la vida familiar. Yo, en cambio, sí he mantenido mis amigos, mis viajes... Él era mucho más familiar que yo y no iba a ningún sitio sin sus hijos y sin mí. Mi sorpresa fue mayúscula, me quedé de piedra cuando comenzó, de sopetón y sin esperarlo, todo este escándalo. La noche que recibí en casa la llamada de la Policía citándolo se me vino el mundo encima.

—Itziar, querida, voy a hacer otra vez, y a mi pesar, de abogada del diablo, pero ahora mismo nos resulta un traje a medida o un anillo al dedo. Yo no conozco a tu marido en profundidad, he hablado con él unas cuantas veces, "hola" y "adiós" sobre todo, y mi conocimiento viene más bien de lo hablado contigo. ¿Te has parado a pensar, aunque sea por un momento, que él, cuando te conoció en Cuba y te vio absolutamente colada, se diera cuenta de tu interés desmedido y viera una salida ideal e inmediata a su situación de pobreza? De vivir en un país dictatorial y pobre pasaba, por medio de ti, a una situación de bienestar y abundancia de la noche a la mañana. Hay miles de cubanos, sudamericanos y africanos que lo intentan: alcanzar el sueño del primer mundo, de la Europa rica y feliz. Tú misma has narrado y has hecho hincapié en cómo el cónsul os interrogó para averiguar si era un matrimonio de conveniencia, como tantos entre inmigrantes y nacionales en los que el amor brilla por su ausencia y se usa incluso el pago con dinero.

—Es posible que, visto desde fuera, pueda ser interpretada como una relación de interés por su parte, porque no conocen el tipo de sentimientos y de sensaciones que nosotros tenemos. Él jamás me ha pedido nada, nunca me ha pedido dinero para nada (dinero que yo le habría dado, evidentemente, viendo la situación paupérrima de todos los cubanos en la isla).

—Ni se me ocurre ejercer de obstáculo en tu amor. Yo solo quiero abrirte los ojos porque todos los enamorados sois o somos ciegos, y ponerte los pies en el suelo. Alberto, como el noventa y cinco por ciento de los hombres, es un cazador. Tú caíste rendida a sus pies nada más conocerlo (me lo has contado unas cuantas veces), y él se dijo a sí mismo: «¡La ocasión la pintan calva!». Eso no quiere decir que no te quiera, seguro que sí, pero eso no es obstáculo para que haya tirado los tejos en el sitio indebido, a las personas menos indicadas, y haya organizado la tragedia montada, incumpliendo el precepto sagrado e innegociable… de donde tienes la olla no metas la…

IX

—Buenos días, Itziar. Ya verás que vengo con los ojos pegados, hinchados, impresentables, una vez más por tu culpa, como después de una noche de farra intensa. Hoy te voy a pedir permiso —digo con una sonrisa, porque esta mujer continúa con la misma cara de estar en horas mucho más que bajas— para dar las clases sin quitarme las gafas de sol, porque no quiero dar la impresión a los alumnos de que he pasado toda la noche de marcha, teniendo que darles clase esta mañana. Después de nuestra larga conversación de anoche, no he podido pegar ojo.

»He intentado recapitular. Tampoco sé mucho y los aspectos de este asunto turbio y desgraciado se me escapan por puro desconocimiento. Hemos sido siempre amigas, pero posiblemente a raíz de esta desgracia nuestra amistad se ha ido haciendo más profunda, lejos de la superficialidad anterior. Seguro que no nos lo hemos contado todo, y lo entiendo, porque tiene que ser muy difícil sacar desde lo más un hondo una decepción y un desastre personal de ese calibre y ponerlo en común con nadie. Me imagino que estarás cansada de interrogatorios, rumores, chismes, escritos policiales y judiciales, entrevistas con abogados, y harta de dar vueltas y más vueltas, revolviendo en cada recoveco, para intentar desenredar esta madeja demoníaca.

»¿Qué pretendes ahora, con una sentencia firme y un marido en la cárcel cumpliendo ya una condena impuesta por el Supremo? Lo más prudente parece dejar pasar el tiempo, que el delito y sus consecuencias mediáticas se enfríen, que la gente se vaya olvidando (el tiempo todo lo arregla) de esas páginas de periódicos que tanto daño han hecho al colegio y a ti y a toda tu familia, e intentar volver a vivir. Eso es lo que llamáis los psicólogos "resiliencia", o sea, la capacidad de resurgir de las propias cenizas, de reorganizarse y resucitar desde la caída.

—Es muy fácil decir todo eso, Míriam, aunque te lo agradezco en el alma, cuando no estás en el pellejo de la perjudicada, que soy yo en este caso. Hay solamente un grave problema para olvidarme de todo y escudarme en el tiempo, que todo lo cura. Yo quiero a Alberto y no puedo dejarlo abandonado. Creo que los abogados caros que contraté no han hecho su trabajo todo lo bien que habrían debido o podido, y tendrían que haber puesto mucha más carne en el asador. Yo, ahora contigo, estoy llevando a cabo mi catarsis particular, sacando fuera todo el revuelto asqueroso, la podredumbre que llevo dentro, y ejerciendo mi derecho de crítica a una actuación jurídica que me parece nefasta, aun siendo ajena a esa profesión. He visto veinte veces los vídeos del juicio, he leído los miles de folios que esta causa ha generado, y veo, en su quehacer, poca presión, una actitud burocratizada, ninguna pasión en la defensa. A lo peor es que yo, que soy parte interesada e ignorante en derecho y estrategias judiciales y estoy ofuscada por esta tragedia, no entiendo nada de esos sitios solemnes en los que se decide, tal vez demasiado a la ligera y rutinariamente, sobre la vida, los bienes, la familia, la honra y la libertad de las personas.

»Tú, filóloga y lingüista, habrás leído *El Quijote*. ¿Ves qué dice de la libertad y la honra? Que son los bienes más preciados que tenemos, y que por ellos se puede uno jugar incluso la vida. Eso es lo que yo estoy haciendo desde el primer minuto sin reparar en gastos ni en esfuerzos. La libertad de Alberto y la mía nos la han arrebatado por esta infamia, también la de nuestros hijos, y la honra y el poder andar por la calle con la cabeza alta y sin avergonzarnos ni oír a nuestras espaldas cuchicheos y chismes malintencionados. Me resulta imposible borrar de mi cabeza la frase que escuchó mi hijo: "Tu padre es un violador". Esa tragedia es una marca a fuego y para siempre.

»Me lo has comentado algún día. No llevo la cuenta de cuánto dinero he gastado hasta ahora en este proceso kafkiano, pero voy a seguir. Ni el Supremo y su sentencia firme van a pararme. No tengo ni idea de leyes, pero estoy convencida de que algo, aquí, se ha hecho mal. Nadie me mueve de ese convencimiento. Voy a contratar a otro abogado y a detectives, si es preciso, y a todo lo que haga falta, para seguir defendiendo a Alberto y a mí misma de esta vergüenza que, interesadamente, han arrojado sobre nosotros y sobre nuestros hijos. Voy a descubrir, me cueste lo que me cueste, dónde ha estado el fallo del sistema para condenar a un hombre, extranjero y negro, por un delito imposible. Ya te he dicho que, de esta, además de psicóloga que soy, salgo abogada. El otro día me dice un amigo con el que me desahogaba, porque, para liberar mi insoportable tensión, doy la paliza a todo el mundo con esta historia desgraciada: "Ten cuidado con hablar mucho de esto, porque aún te pueden meter a ti un puro por vulnerar los derechos a la intimidad y al buen nombre de las víctimas o de los jueces o de quien cojones sea".

»¿No te fastidia el consejito? ¿Ellas, de las que no he pronunciado el nombre jamás, son las víctimas, y yo no lo soy? A mí me han arrastrado por todos los suelos y me han sacado en todos los periódicos para avergonzarme, desde pija cornuda a choni que tiene lo que se merece, me han dicho de todo porque la envidia, el tener un trabajo y un proyecto que funciona, son muy malas e imposibles de disimular. Hay gente que no puede soportar que vistas bien, que seas educada, que tengas dos hijos preciosos, que dirijas La Vaguada, que te vaya bien en la vida, y ahora, con esta desgracia, se ceban satisfechas. ¿En serio que yo no soy una víctima y, posiblemente, la mayor?

»Voy a salir abogada de aquí, ya te digo. He encontrado hace unos días, escarbando en internet, porque reconozco mi obsesión por encontrar caminos que me lleven a algún sitio, una antigua resolución de los tribunales de los Estados Unidos, y por eso mismo con solera auténtica.[1] Habla de las garantías que ofrecen los juicios públicos, y afirman los tribunales estadounidenses con contundencia que "cada juicio está sujeto a la revisión de la opinión pública, y el saber eso constituye un control efectivo sobre los posibles abusos del poder judicial". ¿Qué te parece? Cualquier sentencia tiene que ser pública para que la gente la conozca y la pueda comentar y enjuiciar. ¿No viene del pueblo el poder que tienen los jueces y cualquier otro estamento del Estado? Yo, desde el máximo respeto al poder judicial, claro que voy a seguir peleando en público y en privado para revertir lo que creo que no es un acto de justicia.

—Vamos a intentar ir por partes y despacito, Itziar, que las prisas son solo para los ladrones y para los malos toreros. Es muy fuerte que una mujer sola, psicóloga, con formación, pero ignorante en derecho, ante una sentencia de un tribunal docto en esta especialidad y de un Tribunal Supremo, hable de un delito imposible, es decir, inexistente, y pretenda pelear contra él en privado y en público. Aquí hay algo que me he perdido. ¿No crees que es el momento de serenarnos y reflexionar un poco?

1. Corte Suprema de los Estados Unidos en «In re, Oliver 333, U.S., 257» (1948).

—Míriam, te he dicho mil y una veces que he visto y requetevisto el juicio hasta saber cada frase, cada pregunta y hasta cada movimiento de cada persona que ha intervenido en él mientras se explicaba o contestaba a las preguntas de cualquier parte. He leído las denuncias, las ampliaciones, las contestaciones a las acusaciones, a la fiscal, a la defensa y a los magistrados cuando pedían aclaraciones. No he estudiado nunca ni una palabra de derecho, pero no soy absolutamente imbécil y, después de esta maratón policial, letrada y judicial, he salido sabiendo hasta latín. Casi podría prepararme para ser abogada del Estado y seguro que no hacía el ridículo.

»Ahora vámonos las dos a nuestras obligaciones lectivas, pero te garantizo que te voy a explicar punto por punto, cada paso, cada acción y cada reacción al milímetro, y te voy a demostrar cuántos detalles no se han tenido en cuenta a la hora de sentenciar. No he perdido, pese a todo, mi respeto por los tribunales ni por la Justicia y las personas que trabajan en ello (aunque me han dado elementos más que suficientes para hacerlo), pero desde el respeto estoy en mi derecho de discrepar y de criticarlos, que no estamos en tiempos del Absolutismo ni de la Inquisición. Además, si estamos en esas épocas oscuras, por más que se empeñen en proclamar que somos libres y que tenemos un montón de derechos, no tengo inconveniente en acompañar a mi marido a la cárcel como una nueva Mariana Pineda, mártir por la libertad.

X

—Tranquila, Itziar, no creo que, aunque Alberto esté en la cárcel con una condena que tú crees infundada e injusta, haya que ser tan dramática. La Inquisición fue abolida hace casi dos siglos; el rey absolutista y nefasto Fernando VII murió, afortunadamente; y la libertad de expresión, aunque sea para criticar a los jueces y a los supremos, está cubierta de sobra.

—Yo no quiero ser ninguna heroína ni pasar a la posteridad de ninguna forma, solo quiero una cosa: que se adapte a la realidad la sentencia contra mi marido, que no sea una sentencia empujada por la corriente imparable de que el hombre parece ser culpable por principio y desde el principio, salvo que acredite sobradamente lo contrario. ¿Esto no va contra el derecho? ¿No es la culpabilidad lo que hay que probar y la inocencia lo que se supone? ¿Qué es lo que quiebra o destruye la presunción de inocencia, como repiten una y otra vez los abogados? Las pruebas, y eso es, lo que a mi entender falta aquí mientras Alberto se pudre en la cárcel literalmente. No hay pruebas, no hay restos biológicos, no hay signos de violencia, solo una palabra y testigos que hablan de oídas, de lo que ella, Chus (ya he dicho el nombre), les contó.

»Me has dicho hace un rato que vamos a ir poco a poco, porque las prisas son para los ladrones y los toreros malos. Yo no tengo ninguna prisa, por eso, aunque tú no tienes capacidad para cambiar la realidad que vivo ahora mismo, solo por cómo te estás comportando conmigo y hasta qué punto me estás ayudando, te voy a contar este asunto de principio a fin. Toma asiento, porque tenemos charla para rato.

»Estamos ante un asunto..., un acontecimiento muy complejo y enrevesado, querida Míriam, aunque tú ya habrás oído, en los cotilleos de pasillo, hablar de ello muchas veces, y últimamente lo vives más de cerca porque hemos aumentado nuestra confianza. La vida en el colegio transcurría pacíficamente, con las incidencias propias de un centro educativo que tú conoces bien. Jamás me llegó al despacho, ni como directora ni como mujer de Alberto, una queja ni una reclamación de ningún tipo. Cada uno cumplía con su trabajo más o menos bien, aparentemente: Alberto como monitor de la piscina y estas dos chicas como auxiliares itinerantes, ayudando a vestir y secar a los niños, llevándolos y trayéndolos para las distintas clases, y ya está. Es cierto que eran contratos temporales y que recibí millones de quejas sobre ellas por parte de coordinadores y otros profesionales, hasta que ambas fueron despedidas porque tenían un rendimiento cada vez más deficiente. Alberto no intervino ni para bien ni para mal. Fue un despido meramente profesional y aconsejado por sus compañeras y superioras inmediatas. Chus tenía bajas muy frecuentes, estaba divorciada y alegaba, en principio, haber sido objeto de maltrato por su exmarido y otros problemas de salud que luego achacó a la presión y al acoso de Alberto. Ese siempre es un subterfugio socorrido como cajón de sastre que vale para todo, y si lo cuentas en el sitio adecuado, ante los grupos de presión adecuados y politizados, mucho más. Ya hablaremos de eso más tarde.

»Ahí se abrió la caja de los truenos y se desató la tormenta perfecta que aún no ha finalizado, por lo que estamos viviendo y ya te he contado. Mi marido está en la cárcel y mi familia desguazada. Voy a seguir peleando, pese a la sentencia firme, para que se descubra la verdad auténtica, no la mía, sino la verdad de los hechos que tuvieron lugar.

»A mediados del año 2011 (esta información la sé a través de los abogados que han llevado el procedimiento, porque me lo he leído mil veces buscando un resquicio por el que salvar a mi marido), cuando aún estaban trabajando en el centro y aquí no se habían quejado de nada, una de las dos, aunque luego comenzaron a actuar ambas perfectamente sincronizadas y creo que muy bien aleccionadas, con su plan bien diseñado, acuden, te cuento, a un Servicio de Orientación de la Mujer.

»No tengo nada que decir de eso, que cada cual es muy libre de aleccionarse por quien quiera y pedir consejo donde considere, si bien, como su propio nombre indica, ese servicio, es mi opinión y la expreso libremente, no creo que se distinga por su imparcialidad, sino que está bastante ideologizado y politizado (¿por qué no hay un servicio para el hombre?), aunque tampoco de eso tengo nada que decir, que cada uno es libre de integrarse en la tendencia ideológica o política que quiera y… vamos a dejarlo ahí.

»He sabido que esta chica, una de las dos, manifestó estar sometida a una situación de angustia, que el acosador pretendía un encuentro sexual con ella y que buscaba el encuentro por medio de citas con el móvil y siguiéndola en todos sus movimientos. ¿Acoso? ¡Al juzgado de guardia o a la Policía! Toma nota de que, en esta primera visita al Servicio de la Mujer, ella habla de que Alberto pretendía un encuentro sexual y no denuncia nada más. Alberto, según expone en ese servicio, estaba ya ligando o intentándolo, para entendernos. Hablamos del año 2011. Eso es importante por lo que luego veremos.

»Expone allí que no quería actuar por miedo a perder el puesto de trabajo, y yo me quedo a cuadros cuando me entero de eso. No soy experta en derecho laboral, pero sí soy directora del centro. Míriam, si tú denuncias un acoso sexual en el trabajo y denuncias la acción mucho más grave que denunciaste después, que proviene del marido de la directora, y lo pruebas, no te echa de ese trabajo nadie y, si te consiguen echar, te tienen que dar una indemnización importante, no una limosna. ¿Qué miedo puede tener una persona a denunciar, en el juzgado o en la Policía, un acoso en el mismo momento en que se está produciendo con la defensa (evidentemente merecida) que tenemos las mujeres en ese terreno? Repito, si tú denuncias, no te puede echar nadie de ese trabajo si está claro el motivo de la denuncia. Sería un despido nulo de pleno derecho, lo mires como lo mires, con derecho a una indemnización potente si se empeñan en echarte. Entiendo que el miedo es libre, pero si acudes a una profesional formada no te puede seguir la corriente dándote la razón en la pérdida del trabajo como si fuera una ignorante. Con una denuncia de violencia o de acoso sexual en marcha no te echa del trabajo ni Dios. ¡Coño! No es excusa para no haber denunciado antes y esperar quince meses y a ser despedida. Desde luego, tengo claro que, si no hay despido, no hay denuncia ni caso.

»La profesional que la atiende no le comenta nada de esto, que es el abecé de las relaciones laborales. Se limita a coincidir con ella en la complejidad de la situación. Casi coincide también en que, al ser el acosador marido de la directora, podría tener problemas y le da unos consejos que, lejos de ser jurídicos, podría darlos hasta una vidente o una echadora de cartas. ¡Joder! Y siento ser malhablada y maleducada, que para dar esos consejos genéricos no hay que ser abogada. ¡Denuncia el acoso en el mismo momento en que se está produciendo, leches! ¡Al juzgado de guardia de inmediato y que los jueces deshagan el entuerto!

»Sigue la vida tranquila y ella trabajando en el colegio sin que yo, como máxima responsable de este, tenga noticia de nada. Unos meses después acuden, al mismo Servicio de la Mujer, Chus y Alicia. Ahora no hay una víctima, ya son dos. Cuenta la segunda que Alberto ha disminuido la presión sobre su compañera, Chus, ante el rechazo de esta, y ahora va a por ella. Afirma que Alberto ha intentado hacerle tocamientos buscando pasar junto a ella en zonas estrechas y sin gente y que eso hace que esté irascible y tenga problemas para trabajar bien, pero que no es capaz de decir nada a la Dirección por miedo a que la despidan. A mí me han informado sus compañeras de su bajo rendimiento y su carácter, digamos mínimamente problemático, que quiero ser suave. Ya tenemos la coartada perfecta: soy así porque estoy siendo acosada. Pura estrategia. ¿No tengo yo derecho a reflexionar y a preguntar y a informarme ante una situación que está fraguada contra mí a través de mi marido? ¡Porque si él no fuera marido de la directora no habría pasado nada!

»¡Otra vez el miedo, y otra vez nadie deja claro que con una denuncia por acoso de por medio no echan a nadie de ningún trabajo! El miedo es libre, hay que entenderlo porque cada persona lo gestiona como quiere o puede. El miedo provoca en cada persona un efecto y una conducta distinta, eso lo tengo claro, pero... cuando han dejado de trabajar, bien que se han puesto en marcha de inmediato, y el miedo ha desaparecido como por arte de magia. Sigo pensando que tendrían que haberlo dicho antes. Tendrían que haber venido a mí y explicármelo con claridad, yo jamás habría adoptado ninguna medida contra una mujer que me pide ayuda.

»Esta vez la asesora de la mujer ya les habla de una denuncia, pero estamos a finales del 2011, ha pasado un año de todo esto como mínimo, porque la primera se hace un lío con hechos, lugares y fechas, y sus datos concretos brillan por su ausencia. La denuncia aún no tiene lugar.

»El 20 de enero del 2012, en la reunión ordinaria del equipo directivo, se adopta el acuerdo de despedir a las dos mujeres. A la más joven se la despide en el acto por su conflictividad laboral y su rendimiento inadecuado, del que se quejaban incluso sus propios compañeros; por ejemplo, a un niño que estaba llorando en el suelo, lo ignoró saltando por encima de él y diciéndole a la tutora que estaba de paso y que según su horario no tenía por qué ayudarlo, y eso es solo una pequeña muestra, porque hay más comportamientos inadmisibles en ese tipo de trabajo. Por eso, en sus visitas al Servicio de la Mujer, es mi convicción, ella alude al acoso como causa de su irritabilidad: su irregular comportamiento en el trabajo no es por su culpa, sino por culpa del ambiente y el acoso que tiene en el centro. Blanco y en botella. Vino a hablar conmigo y le dejé claro que la decisión de despedirla no tenía marcha atrás y que estaba tomada. Entonces me da una charla sobre las diferencias entre acoso y agresión sexual, y me dice con toda claridad: "Esto hay que solucionarlo con dinero", y yo respondí diciéndole que saliera del despacho. Después me llega el comentario que hizo fuera de "Os enterareis por la prensa".

»A la mayor, Chus, también decidimos despedirla, pero no se pudo llevar a cabo el despido porque estaba de baja laboral. Al día siguiente, estando de baja, se presenta en el colegio para hablar conmigo, y me manifiesta prácticamente lo mismo que la anterior: "No estoy de acuerdo con el despido, he sido objeto de acoso sexual por parte de tu marido. Yo te quiero mucho, pero por encima de todo está mi hija y el dinero que necesita. Tú no me puedes dejar en la calle". Todo esto actuando superhistriónica, como una actriz, insistiendo siempre en el dinero y en su hija.

»Yo no entendía nada. ¿Te sabes despedida y vienes estando de baja? Sin alterarme le solté: "Te despediremos cuando te den el alta". "Cuando salga de aquí me voy a denunciar", contestó malencarada. "Ya estás tardando en hacerlo", fue mi respuesta, sin inmutarme.

»Llamaron a todas las compañeras del trabajo para que dijeran que a ellas les había pasado lo mismo y encontraron la callada por respuesta. No hay una sola ratificación por parte de nadie de conductas de acoso. Todas les dieron la espalda y ambas dijeron que "Nos enteraríamos por la prensa" y que "Nos hundirían con la palabra".

»Así se fraguó todo esto. A estas alturas ni siquiera siento rencor, ni tengo ánimo de hablar mal de ellas, ni les imputo nada. Cada uno organiza su vida y su defensa en todos los terrenos como quiere o como puede y cada uno busca su protección o su beneficio como mejor entiende o le dan a entender. Los mecanismos psicológicos son muy enrevesados y, en estos casos, una puede enredarse en sí misma, comerse el coco, como vulgarmente se dice, y no ser ni siquiera consciente de que se está inventando las cosas. Tengo una amiga sabia que dice siempre: "Las mujeres somos mucho más pérfidas que los hombres, el drama forma parte de nuestro ADN, sobre todo si es en beneficio propio". Para eso están los juicios, o deberían estar, para aclarar qué sucedió y qué no sucedió, dónde está la realidad y dónde empieza la fabulación consciente o inconsciente, independientemente de que se sea mujer u hombre, que para eso está el principio de igualdad ante la ley. ¡Joder! Que a mi marido le han metido diez años de cárcel por nada y yo me siento empujada irremediablemente a ejercer mi derecho y mi deber a defenderlo contra mentiras, imaginaciones o contra las olas imperantes que dan la razón a la mujer, a favor de cualquier cosa que diga, solo por ser mujer, sin aportar ni una sola prueba contundente. Admitamos el "choque cultural" que dicen, admitamos que la zalamería y el piropo están fuera de lugar y son acoso, admitamos que un cubano puede ser genéticamente más zalamero y más cazador..., pero eso no es violar, acosar y violar no son sinónimos ni son diez años de cárcel.

XI

—Las dos chicas, Chus y Alicia, me niego a repetir sus nombres, y no los quiero poner siquiera en mi boca porque ya he tenido bastante, me imagino que las conoces de sobra, van al Servicio de la Mujer y después a comisaría, el mismo día y a la misma hora. Ante idéntico instructor presentan denuncia. ¿Qué denuncian? Te lo voy a contar punto por punto:

»La denuncia de la primera es farragosa y enrevesada. No concreta. No tiene muy claro lo que está denunciando y te lo digo porque he repasado y aprendido, línea por línea, cada manifestación junto con el abogado y me lo sé mejor que él.

»Es curiosísimo, o a mí me lo resulta, y cualquier penalista o criminólogo (mucho más un magistrado acostumbrado a ver y enjuiciar todo tipo de historias) se habría dado cuenta de inmediato. Describe la joven que, desde diciembre del 2010 hasta el mismo mes del 2011 (el acoso empezó en una cena del colegio con motivo de las primeras Navidades), Alberto, mi marido, al cual no reconozco en ese comportamiento, le comenzó a hacer insinuaciones. Luego, de la lectura repetida, creo deducir claramente que el acoso empezó antes y que no está muy claro lo de diciembre del 2010. En resumen, yo no sé cuándo empezó exactamente esa conducta acosadora de Alberto.

»"¡Qué guapa estás", "Qué buena estás", "Qué culo tienes", "Qué cosas haría yo contigo!", "¡Vamos a perdernos tú y yo por ahí solos!", denuncia ella, ante la Policía, que le decía Alberto en esa cena. La fiesta no fue cena, sino comida larga de Navidad, de muchos de los trabajadores del colegio, con abundantes copas posteriores en distintos establecimientos.

—Querida Itziar, permíteme que sea de nuevo crítica con tu postura y sea abogada del diablo en tu contra. Me fastidia llevarte la contraria, pero como figura en el *Juan de Mairena* de Antonio Machado: «La verdad es la verdad, dígala Agamenón o su porquero». Tú no puedes enjuiciar la conducta de Alberto. No eres objetiva, y por más que tú estés enamorada de él y, por eso mismo, sujeto de un trastorno mental transitorio, que el enamoramiento nos esconde la realidad y nos la deforma hasta límites insospechados, por eso es posible que tú no reconozcas un comportamiento que pudo tener lugar, pero no quiero clavar más el cuchillo en la herida. También el despecho deforma, como entiendo que ha pasado con estas chicas, con las que yo no trataba, al ser despedidas. Yo, desde mi distancia, sí veo un nexo claro entre el despido y las denuncias, y entiendo que nunca se habrían producido si no hubiesen sido echadas de su trabajo. ¡La de sufrimientos y problemas que te habrías ahorrado manteniendo a las dos en su sitio pese a su bajo rendimiento!

—¡Qué enamoramiento ni qué narices, Míriam! Es cierto que sigo queriendo a Alberto, y que me tiene mártir sentir cada día, cada minuto, su situación de encarcelamiento, pero eso no me causa ceguera ni me vuelve imbécil porque lo conozco de sobra. La relación entre denuncias y despido está más clara que el hecho de que ahora mismo es de día. Eso lo vería hasta el ciego más ciego de todos los que venden cupones por la calle. Sin despido no habría habido denuncia.

»Mi marido actuó mal, incluso golfamente diría, que no sé si esa palabra está en el diccionario, pero su conducta, espera que te cuente todo punto por punto y con detalles, no merece una condena de ese calibre, que lo arruina no solamente a él, sino a toda su familia, en la que son mis hijos quienes más me duelen.

»Sigo contándote el serial: en la primera denuncia ante la Policía, farragosa, como ya te he dicho, afirma esta chica que Alberto le insiste en que le dé su número de teléfono, en que podrían ser amantes y en quedar una vez al mes para mantener relaciones sexuales, contestándole ella, nerviosa, que no quería nada con él. Esos nervios Alberto los interpretaba, o eso ha manifestado él, como que ella estaba gustosa con sus propuestas, aunque la chica le decía que la dejara en paz.

»Ya te he dicho que he repasado cada frase, cada afirmación, y que me las sé de memoria. No soy abogada ni soy detective, pero, como no soy tonta del todo a pesar del enamoramiento como tú dices, veo una contradicción importante. En la visita al Servicio de la Mujer en mayo del 2011, afirma que el hostigamiento de Alberto se produce "con citas por el móvil", así, textualmente. ¿Cómo en el 2011 le pide citas a través del móvil y bastante más tarde "insiste en que le dé su número de móvil"? ¿Dónde están esos mensajes de móvil que no han aparecido por ningún sitio? ¿Ese es el valor que aquí se le da a las pruebas o basta con la mera afirmación que hace cualquier persona? ¿Han revisado ustedes el móvil de Alberto y de las chicas para ver si hay alguna llamada o algún mensaje de ese hombre tan acosador? ¿De quién es responsabilidad investigar esos dos teléfonos móviles para ver si Alberto ha mandado mensajes, si Chus ha mandado o ha recibido mensajes y no es todo pura imaginación calenturienta? No hay ningún mensaje porque ninguno se envió. No he visto esa prueba por ningún sitio. Palabras y solo palabras.

»¿Estas contradicciones no las ven los jueces y los abogados? ¿Si estas contradicciones existen, son fruto del nerviosismo o son lagunas producidas por incoherencias en las invenciones o en las deformaciones inevitables de la realidad? ¿Estoy en mi derecho de dudar y de cabrearme hasta la exageración?

»En julio del 2011, esta mujer acabó su contrato, pero volvimos a llamarla en septiembre. Yo seguía ayuna de cualquier noticia sobre el menor conflicto. Nadie me dijo nada porque, al acabar el contrato, sin saber si la volvería a llamar o no, podía haberme dicho algo. Pero no, nada de nada. El cornudo siempre es el último en enterarse.

»Tan pronto llega en septiembre al colegio (de julio a septiembre no ha pasado nada, continúa su denuncia), Alberto se acerca a darle dos besos y le dice: "Estarás contenta, que al final te has quedado en el colegio. Me debes un favor, porque yo también he puesto mi granito de arena para que te quedaras"; un gilipollas, Alberto, que farda de un poder que no tiene y se echa tierra sobre su propio tejado.

»Con esta frase, lo he hablado con el abogado, ella intenta dejar clara la posición de superioridad de la que Alberto se aprovechaba. Yo te juro por mis hijos o por quien tú quieras que Alberto no me hizo jamás una mención para que renovara el contrato a ninguna de las dos. Jamás se sirvió de su cercanía conmigo para recomendarme a ninguna de ellas, aunque pudiese vacilar en ese sentido y porque yo nunca le habría hecho caso. Aun así, eso no son diez años de cárcel.

»A raíz de esto, la mujer continúa denunciando que mientras estaba en el vestuario de la piscina con los niños, Alberto se acercaba cogiéndola del culo o rozándole los pechos e insinuándole: "Tienes que venir en bañador, dúchate conmigo", a la vez que le hacía gestos obscenos con la lengua e insistía en que quedara con él.

»Esta mujer tiene un tatuaje con algún astro o un planeta en un lugar de la espalda y ella afirma en la denuncia: "Una vez me llegó a coger del hombro para que le diera un beso y besó de manera obscena mi tatuaje del omóplato, en presencia de los niños pequeños" —Itziar lo dice dirigiéndose a mí y con gestos ostentosos de sorpresa—, a la vez que afirma que se deterioró su salud mental y comenzó a tener síntomas de depresión, crisis de ansiedad y a acudir al psiquiatra como consecuencia de esto. ¿Tenemos informes del psiquiatra al que dice que acudió con los síntomas de depresión y ansiedad por el acoso? Yo no los he visto, y he procurado una perito, doctora en Psiquiatría, que no ha sido atendida. ¿Esto es indefensión o qué leches es?

»Más tarde, Míriam, hablaremos del psiquiatra y de otros médicos, porque quiero mantener un orden y contarte de una puñetera vez todo desde la A hasta la Z. Quiero contártelo todo porque me quema dentro y me revuelve las entrañas cada segundo.

»Pidió a su compañera (la otra despedida y denunciante) que le cambiara el vestuario, y afirma que insistió a Alberto para que la dejara en paz porque la situación era insostenible y le estaba ocasionando graves daños a su salud, y que había contado el acoso a varias personas. Alberto, según ella, le contestó: "No tenías que haber dicho nada a nadie. Esto es una cosa entre tú yo", e insistiendo de nuevo: "No seas tonta, dame tu teléfono y quedamos fuera".

»Y a mí me surge una duda importante otra vez: ¿cómo habla de mensajes y llamadas repetidas si Alberto le está pidiendo el teléfono continuamente y ella no se lo da? ¿Tiene el número de teléfono y le manda mensajes, como ella declara? ¿Para qué insiste en pedirle el número, entonces? Esos mensajes nunca han aparecido.

»No sé. Todo esto es muy raro, extrañísimo y lleno de interés por parte de ellas, o yo así lo veo. ¿Dónde están las compañeras que han abandonado el trabajo en el centro, según ella, por sufrir el mismo acoso por parte de Alberto? Estas cosas hay que denunciarlas con nombres y apellidos, y no así, de forma genérica e imprecisa como la mayor parte de sus denuncias. Tampoco ha salido ni una sola empleada que dé fe de los acosos y de la persecución a que, dicen, Alberto las sometía como si fuese un Rasputín cualquiera.

»La denuncia de la otra chica ante la Policía, con acusaciones similares, se produce el mismo día, diez minutos después. Fíjate si soy objetiva que me parece normal que dos chicas acosadas por la misma persona vayan a denunciar juntas y hasta se pongan de acuerdo.

»Denuncia, de oídas, que una compañera le ha contado que Alberto la acosa y la hace objeto de tocamientos, que le ha pedido el teléfono, le ha hecho algunos regalos y la ha besado sin su consentimiento, cosa que le molesta mucho. Ella no lo ha visto, solo sabe lo que su compañera le ha contado. Aquí abundan los testigos que hablan de lo que les han contado, no de lo que han visto con sus propios ojos, algo que no parece muy ortodoxo en el ámbito del derecho y los tribunales. Yo no he ido jamás a un juicio hasta este, pero creo que los testigos de oídas, los que no han presenciado los hechos, los mandan a paseo, menos aquí. La otra denunciante afirma: "Desde noviembre del 2011, como mi compañera le dijo que cesara de tocarla y de acosarla, Alberto se empezó a comportar igual conmigo. Me empieza a gastar bromas, a cantarme canciones y a abrazarme para bailar. A la vez que me toca el pecho y mi trasero e insiste en que tiene que llevarme con él a bailar salsa".

»Manifiesta esta chica, como la anterior, que esto le ocasionaba un gran estrés y que llegó a cambiar su carácter en el trabajo, y que estas conductas de Alberto se llevaban a cabo ante los niños. A la vez insiste en que el despido ha sido consecuencia de su cambio de carácter, y el cambio ha sido causado por el acoso de Alberto. Ya tenemos ahí, de nuevo, uno de los puntos clave de unión. De la misma manera, sin nombres y sin que esto haya sido refrendado por nadie, afirma que otras compañeras del colegio han sufrido los mismos acosos, aunque tampoco a nadie concreto a quien poder preguntar. Nunca nadie ha sido testigo de ninguna de esas situaciones de acoso para poder ser interrogado por la Policía o los jueces.

»Entiendo lógico, por otra parte, porque yo tampoco lo haría, que no se pregunte a los niños, de quienes afirma que también presenciaron esas situaciones de acoso. Es raro, porque los niños son charlatanes y, sin preguntarles, lo habrían contado en distintos sitios y a mí me habría llegado la onda.

»A los pocos días de denunciar en comisaría, esta chica, la segunda denunciante, acude también al Centro de la Mujer 24 Horas a pedir asesoramiento y apoyo psicológico ante el acoso sexual. Dice casi lo mismo que ante la Policía, pero hay algún matiz interesante que creo necesario resaltar, a ver si a ti, Míriam, te parece igual que a mí. Ya sé que todo esto es un peñazo, pero en estos asuntos hay que hilar muy fino y tener atados y controlados todos los matices, porque por un detalle nimio se te va todo al garete y lo que creías perfectamente controlado se desinfla como un globo pinchado. Ya te digo que de esta salgo abogada más que seguro.

»Relata su trabajo en la piscina y cómo el monitor, Alberto, intenta agarrarla varias veces para bailar con ella, tocándole, en esos bailes, el pecho y la espalda y llamándola "mi muñeca" lo mismo en público que en privado. Cuando Alberto, según la chica, se inventa canciones en las que la llama "mi muñeca", dice que esas canciones las corean los menores. Me resulta imposible, y de nuevo tengo que hacer hincapié, Míriam, en que jamás me llegó noticia de esto, y si eso pasó de verdad me tenía que haber llegado sí o sí, que eso, de haber ocurrido, me llega a mí seguro contado en más de un sitio y ante más de una persona por los niños.

»Cuenta también en este Servicio de la Mujer, unos días después de haber denunciado en la Policía, que en una ocasión Alberto le rozó el pecho con el pretexto de colocarle un tirante del sujetador que tenía caído. Necesariamente, aunque aún no ha llegado lo más gordo, que no es con esta más joven sino con la otra, necesariamente, repito, me tengo que enfadar por la cantidad de incoherencias. Nada dijo en la Policía de los bailes llamándola "mi muñeca" ante los niños, nada del tirante y el sujetador, y nada de miradas lascivas y gemidos proferidos por Alberto mientras cantaba y bailaba con ella. ¿De pronto le viene la memoria o es toda una elaboración que crece y se modifica día a día y conforme le van apuntando? ¿Tengo derecho a expresar estas dudas después de los diez años de condena que le han caído a mi marido por este montaje?

»A los pocos días, la otra acude al Centro de la Mujer 24 Horas, siempre van una detrás de otra y vuelvo a decir que lo entiendo, ambas ya se han puesto de acuerdo y han unido sus acciones.

»No hay concreciones en esta entrevista que tiene lugar a principios de febrero del 2012, habla genéricamente, no concreta y solo se habla de situación de acoso y de abuso sexual. Une a ello la sensación de estar bloqueada por sentimientos de culpa y de vergüenza, así como el miedo a perder el trabajo, cosa que no le permite ponerse en marcha desde el primer momento. Va creciendo ya la gravedad de los hechos.

»¿Qué opinas de todo esto, Míriam? ¿Te voy poniendo al corriente de manera minuciosa? Solo quiero compartir contigo mi estudio y mis dudas razonables para demostrarme a mí misma, tras tu crítica, que no soy una loca enamorada ni una ignorante que defiende a su marido contra todo presupuesto racional.

—No te preocupes, Itziar, nunca voy a pensar eso, pero déjame consultarlo con la almohada, voy a darle vueltas a todo lo que me has dicho y mañana seguimos hablando, que, desgraciadamente, tenemos muchos días por delante con este asunto triste en el candelero.

XII

—Hoy he hablado muy largo y tendido con Itziar, mi directora y amiga. Ya te he hablado de esto en otras ocasiones, pero mi conocimiento era fragmentado y de oídas: algo de la propia Itziar, no olvides que fui yo quien condujo el coche para llevar a su marido a la cárcel, y algo de algún chismorreo de pasillo a lo que le doy menos credibilidad.

»Un drama de tres pares, que se presentó voluntariamente en la cárcel para ver si eso le servía para salir antes al dar muestras de arrepentimiento y de no querer escaquearse de la Justicia. Conozco algo de oídas, pero no de aquel día, porque el viaje fue como la procesión del silencio y hasta se oía la respiración de los cuatro que íbamos en mi coche, y mucho de rumor y habladuría de pasillo. Pues bien, ella hoy me he pedido que escuche su versión de todo lo ocurrido, punto por punto y desde el primer minuto.

»Es una mujer admirable, tengo que reconocerlo, y, si me apuras, un poco tonta (dicho en el sentido más cariñoso del término), porque si tú me haces a mí lo que su marido le ha hecho a ella, no te llevo a la cárcel después de pelear durante años buscando abogados y tocando todas las puertas, te mando directamente a la mierda sin posibilidad de arreglo ni remisión de ningún tipo, y si tienes que ir a la cárcel, te vas, pero por tu propio pie y te buscas la vida como puedas olvidándote de que existo.

—Oye, oye... ¡Cuánta agresividad!, ¿a qué viene tanta beligerancia? ¡Que yo soy un santo y cuando me duele la cabeza es porque me aprieta la corona!

—Sí, sí, un santo... Todos los hombres sois iguales, unos cazadores profesionales. Podéis estar divinamente en vuestra casa y tener cubiertas todas las necesidades, incluidas las afectivas y sexuales, y si se os pone una rubia de bote delante y os pone morritos rellenos de silicona y os hace dos caídas de ojos con las tetas de plástico oscilando, perdéis los frenos, el sentido común y hasta la vergüenza a velocidad de vértigo. Déjame que te cuente, Jorge.

»Itziar está hecha polvo. No para de dar vueltas porque se resiste a admitir que a su marido le ha caído encima una losa como un bloque de mármol de esos que sacan de las montañas de Almería y de Novelda, una condena gordísima, y no le queda otra salida que la cárcel. Ya está en ella y esta mujer no hace más que machacarse con que tiene que sacarlo de ahí como sea.

»Ella sigue luchando (me dice una y otra vez) por su familia, por sus hijos, por Alberto, que es el marido cubano, y por ella misma. Y va todo en el mismo paquete.

—Cariño, me hace gracia, salvando la ruina que le ha caído a este pobre hombre, jeta pero pobre hombre, que tu amiga Itziar esté tan ciega, fruto de su colgamiento. El enamorado, y esto vale lo mismo para el hombre que para la mujer, es un disminuido sensorial, el amor lo tamiza y lo cuela todo.

»A esta chica, a tu amiga, me imagino que la habrán puesto verde por ir a Cuba y traerse un cubano de allí. La habrán llamado choni, practicante del turismo sexual y otras mil lindezas. Igual no es así, pero ya sabes lo que decía Gracián: "Las cosas no son como son, sino como parecen".

»Al cubano este se le han aparecido las vírgenes de Fátima, de Lourdes y de otros cuantos santuarios, todos igualmente teatreros y falsos. Está el tío allí, viviendo a salto de mata y atento a lo que cae. Lo digo sin ánimo de tirarlo por el suelo, que en Cuba, con la dictadura que soportan desde hace sesenta años y con los bloqueos de los americanos, están todavía quitándose el hambre a guantazos y andan por el Varadero y por el puerto y las playas de La Habana pululando las veinticuatro horas a ver qué pillan o a qué turista engañan.

»A este hombre se le apareció la virgen en forma de Itziar, una chica mona, joven y culta, soltera, sin compromisos familiares y con un trabajo y un porvenir interesantes. Y, lo que es mucho más importante, muy buena persona, porque solo hay que mirarla y, ahora, con el marrón que le ha caído encima, ver cómo se está comportando.

»A lo que vamos, e intentando ser imparcial con lo que me cuentas, un observador desde fuera y sin nada que ver en el asunto, porque ni conozco al cubano ni conozco a las supuestamente agredidas y solo he visto a tu compañera, jefa y amiga con un "hola" y un "adiós": este hombre encontró un chollazo que no había imaginado ni en sueños. Esta mujer se encandila con él, se enamora hasta los huesos. Se casan, se viene a España y descubre el paraíso en comparación con la miseria y la precariedad cubana. Porque, dirán lo que quieran, mucho Caribe, mucho son cubano, mucha Vieja Trova Santiaguera y mucha salsa, pero claro..., las libertades son inexistentes. Y este hombre, Alberto, no digo yo que no se enamorara, sino que estaba allí a la caza y le tocó la lotería. Se encontró una chica joven, licenciada en Psicología y con una posición holgada y de dijo a sí mismo: "De aquí no me despegan a mí ni con agua caliente". Se casan, se viene a España, se trae a la familia, el padre y la madre, como todos los cubanos, que yo conozco unos cuantos, y descubre cuánto y hasta qué punto es bella la vida. Su mujer dirige un colegio exitoso y lo contrata a él como monitor. Un sueño que no se da ni en los cuentos de hadas.

—Cariño, no sé si te has pasado en algunas expresiones machistas, yo te conozco perfectamente y sé que tú no lo eres, pero he de decir, no obstante, que estoy bastante de acuerdo contigo, casi al cien por cien en tus apreciaciones.

—Mi amor, no me des más jabón, que con mucho menos me ducho yo por las mañanas. Es evidente que no soy machista; es más, soy feminista me mires desde donde me mires. Tengo madre, una hija, tres hermanas y no sé cuántas sobrinas, y te tengo a ti, que eres más importante que todas. ¿Querré que las mujeres estén protegidas y se tenga en cuenta su valía y su dignidad? ¿Querré que no sean tratadas jamás como mercancías ni como objetos? ¿Querré que nadie las maltrate bajo ninguna excusa y que nadie les ponga una mano encima salvo para acariciarlas siempre que ellas quieran? ¡Claro que soy feminista! Otra cosa es que se suban a la parra continuamente, a pesar de las deudas históricas que hay con ellas, y quieran siempre tener razón, ser más valoradas y que su mera palabra valga más que la nuestra, y que la justicia y las instituciones las traten de forma preferente. Yo quiero que se cumpla a rajatabla el principio de igualdad que ahora está en la cuerda floja.

»Vamos a seguir con Alberto, que es de lo que estamos hablando. Este hombre llega a España y se deslumbra, pasa de la pobreza de Cuba a una situación acomodada y de ser nadie a ser el marido de la directora y a trabajar en un colegio de élite, y se descubre como… el gallo en el gallinero. De lo que me has contado deduzco que ejerce como "marido de", y mira, el ser humano es así, este hombre no es más malo ni más bueno que la mayoría, o sea, como todos; pierde un poco el oremus y entre tanta piscina y tanto vestuario cae en la trampa que tiene más cerca y tira los tejos a quienes tiene a su alrededor medio de verdad medio de broma: "Mi amor, tenemos que quedar, vamos a bailar salsa y dame tu teléfono y... mira qué tatuaje tan bonito y deja que te ponga el tirante del sujetador...". Eso lo tengo más claro que el agua y no quiere decir en absoluto que no quiera a su mujer. Los tíos somos así de raros y de imbéciles.

»Este hombre se confió y se creyó inmune. Posiblemente por inexperiencia o por el choque cultural que tú has dicho. ¿Cómo se le ocurre a este hombre arruinar su vida, magníficamente instalada, por hacer el buitre y tirar los tejos a unas auxiliares de ningún sitio? Ni simpático, ni expansivo, ni sociable, ni leches. Eso demuestra la estupidez humana. Por una minucia te buscas un problemón. Eso demuestra que una persona que manda y dirige no puede meter en el mismo trabajo a alguien con quien esté ligada por una relación de familia o afectividad. Ya sabes: donde tienes la olla... Ahora bien, eso que has contado ("Qué buena estás", "Vamos a quedar", "Vamos a bailar"...) no deja de ser una cosa menor. Admitamos el acoso, pero eso no es un delito como para meterle el condenón que dices que le han impuesto.

—Calla, calla, que todavía no ha terminado la historia. Itziar ha llegado solo hasta las dos primeras denuncias, pero el procedimiento ha sido largo y el juicio más. Queda mucho por contar y ya ha avisado de que quiere hacerlo punto por punto y sin dejarse nada en el tintero. Mañana seguiremos hablando, que me tiene en ascuas.

XIII

—Tú dirás, querida, que pasas noches sin dormir, y yo te creo porque solo hay que verte la cara y las ojeras a pesar del maquillaje y el trabajo de tuneado. Esta noche yo tampoco he pegado ojo. Para acabar de colmar la tensión, hoy, nada más entrar al colegio, ya me han llegado comentarios maliciosos sobre todo este asunto lastimoso. Ya sabes cómo es la peña, afanosa de hacer leña del árbol caído, y Alberto, lo quieras o no, es un árbol caído y arrumbado ahora mismo.

—Fíjate, Míriam, que ahora mismo estoy pensando que mucho más caídos que él estamos nosotros, los niños y yo. Él, en definitiva, ya ha entrado en la cárcel y, aunque la privación de libertad tiene que ser jodida, poco a poco te haces a la idea y te acostumbras porque allí todos los que hay son más o menos como tú. Todos con delitos, cada uno de su padre y de su madre. Llegas, los primeros días estás ansioso, vigilante para ver el percal, y poco a poco te adaptas a la nueva y desgraciada situación. Nosotros estamos peor, porque ya viste cómo a mi hijo le dijeron eso de que "Tu padre va a ir a la cárcel porque es un violador". A mí misma muchos me miran de reojo, murmuran a mis espaldas y debo de ser la comidilla de todas las tertulias en las que cada uno suelta su opinión y su juicio. Estoy realmente hecha un lío y no sé dónde ni cómo va a terminar todo esto. Casi se debe de estar mejor en la cárcel que en la calle.

—Pues, querida amiga, ya conoces el dicho sabio como todos: después de la tempestad, viene la calma. Esa calma tiene que llegar y ahora mismo solo te queda respirar hondo, tragar saliva y tener mucha paciencia. No queda otra. Anoche hablé con mi marido y él lo tiene claro. Esa condena es una exageración. Piensa que Alberto tiene tres variables en su contra: es hombre, es negro y es cubano. Es un conquistador, como todos, que aunque tengan el amor, la vida y el sexo resueltos en casa no pueden evitar ir de pesca a ver lo que les cae de propina. Ahora bien, por un piropo a destiempo, por una tirada de tejos ("Vamos a quedar", "Vamos a bailar", "Vamos a ser amantes" y "Dame tu teléfono"...), por un beso en la espalda donde esta chica tiene un tatuaje, o rozarle el pecho subiéndole el tirante, no le pueden caer a una persona, por muy negro y muy cubano que sea, diez años de cárcel. ¡Diez años de cárcel son muchos años! Es una condena desproporcionada, se mire desde donde se mire.

—Vamos a obviar a la gente con mala leche, los chismosos y maledicentes profesionales, y vamos a tomarnos un café en mi despacho, que no hay que desperdiciar ni un solo momento en el que una pueda estar relajada y con una compañía agradable.

Y dice esto a la vez que abre la puerta de la Dirección, como figura en letras grandes en la cristalera, y se dirige a la cafetera del fondo.

—Ayer te empecé a contar y nos quedamos en las denuncias y las visitas a los centros defensores de la mujer, pero eso es solamente el principio. Hay bastante más. Tras la denuncia en la Policía, desde la comisaría llamaron a casa preguntando por Alberto:

—Buenas noches, ¿don Alberto Quevedo, por favor?

—Sí, es aquí. ¿Quién llama? —contesté yo extrañada

porque era un poco tarde para llamar preguntando por nadie.

—¿Es su marido? —preguntan al otro lado del teléfono—. Llamamos de la Comisaría de Policía. ¿Puede ponerse?

»Yo me quedé blanca y le dije a Alberto que cogiera el teléfono, que era de la Policía. Le oigo decir, demudado:

—Muy bien, mañana a primera hora estaré ahí —contestó con una cara indescriptible, ni cadáver parecía. Peor. Cuando colgó, casi incapaz de articular palabra, balbuceando, me dijo—: Mañana... tengo que presentarme en la comisaría de Policía. Me han denunciado por acoso sexual. No me han querido decir nada más.

—¿Quééééé? —pregunté yo incrédula, sin saber nada, sin creer lo que estaba oyendo—. ¿Acoso de qué?, ¿a quién?

—Cariño, no sé nada. No tengo ni idea de qué están hablando, no sé qué dice ese hombre que ha llamado. Tiene que ser una broma. Yo no he hecho nada. Se tienen que haber equivocado.

»Fue a la comisaría y lo acompañó el abogado del centro escolar, aunque ese es solo especialista en derecho laboral y, finalmente, se hizo cargo del caso otro especializado en penal.

—Itziar, tenías que haber cogido a una mujer como abogada porque, cuando hay mujeres acusando, y más en casos escabrosos como este y con connotaciones sexuales de acoso, abusos, agresiones..., una mujer puede defender con más energía y más mala leche que un hombre, y una mujer, una abogada, puede hacer preguntas y afirmaciones que un hombre no puede para no ser tachado también de agresor y de machista y que se le tiren a la yugular. Las letradas, en estos casos, pelean mucho mejor. Mi marido me lo ha comentado, no sé a cuento de qué, y esa es la opinión que defiende. Así está el patio hoy en día.

—No te digo yo que no nos habría ido mucho mejor, Míriam, porque sigo convencida de que la defensa de Alberto ha sido demasiado blandita con las acusadoras. Una abogada, por ejemplo, podría haber preguntado: «¿Cuál era su respuesta ante los requerimientos de Alberto?, ¿no expresó usted complacencia ante ellos aunque fuese con lenguaje no verbal, sonrisas o asentimientos de otro tipo?». Eso, por ejemplo, no lo puede preguntar un hombre porque le saltan al pescuezo.

»La denuncia iba en el sentido que ya hemos hablado: persecución en el trabajo, insistencia en que le diera el teléfono (cosa que choca con la otra acusación de que le mandaba continuamente mensajes, ¿cómo le va a mandar mensajes de móvil si no tiene el teléfono porque ella no se lo ha dado?), roces en el lugar de trabajo, peticiones de ser amantes y quedar para verse fuera, sacarla a bailar con miradas lascivas... No voy a insistir para no hacerme repetida, y porque ya sabes cuáles eran las imputaciones que, una primero y otra después, le endosaban a mi marido.

»Alberto, evidentemente, lo negó todo, y en comisaría le dijeron que el asunto pasaba al juzgado que tocara y que tenía que estar disponible y localizable para presentarse cuando fuese llamado. El abogado del colegio intentó quitar hierro al asunto e insistía a Alberto en que no se preocupara. Como pudimos ver más tarde, había motivos sobrados para preocuparse y para mucho más.

»Cuando vino a casa no le llegaba la camisa al cuerpo, balbuceante y tembloroso, sudando. Acojonado, lógicamente. Yo estaba enfadadísima y nerviosísima, y ya te he contado también que, aunque lo creí desde el primer momento cuando afirmaba no haber hecho nada de lo que lo estaban acusando, se resintió la convivencia a pesar de su versión exculpatoria. Algo, dentro de mí, encendía y alimentaba una duda que me torturaba. Es lógico, porque nace la sospecha y la sensación de haber podido ser engañada, y yo he tenido que trabajar muy a fondo mi autoestima, mi equilibrio personal y la estabilidad de mi familia, sobre todo de mis hijos. Mis hijos y yo, que soy psicóloga profesional, estamos acudiendo a una psicóloga para poder superar este trance complicadísimo. Con toda la gravedad de los acontecimientos, estos no fueron nada si los comparamos con lo que se nos vino encima unos meses más tarde.

»Así quedó la cosa, de momento porque ya sabemos que la maquinaria de la Justicia es lenta pero inexorable. Te llama la Policía, vas asustado, declaras, te vuelves a tu casa en el mejor de los casos (salvo que te dejen detenido porque el asunto es grave y evidente) y pasa un cierto tiempo en el que te crees que ya está todo olvidado y no sucede nada porque la lentitud burocrática de la Justicia hace que parezca que todo se olvidó.

»Cuando piensas que ya pasó la tormenta, recibes una carta, o una llamada de teléfono, o se presenta en tu casa un agente judicial con una citación, y vuelve a abrirse el volcán. Yo pensaba, y Alberto también, que eso era una cosa a la que la Policía no había dado importancia y que el juzgado tampoco había tenido demasiado en cuenta: que si me rozaba, que me decía que teníamos que ser amantes, que quería que saliéramos, que me sacaba a bailar... Bobadas, pensábamos, un ataque de cuernos, perdón, un rebote por haber sido despedidas del colegio, que ya me lo dejaron claro el mismo día cuando avisaron que eso no podía ser y que eso se arreglaba con dinero, y yo soy libre de decirlo como ellas fueron libres de proponérmelo a mí.

»No he ganado para sobresaltos en estos últimos años, y, para terminar, no un sobresalto, sino la hecatombe definitiva teniendo que acompañar a mi marido a prisión porque siempre es mejor presentarse voluntariamente y por el propio pie (ya me lo dijo aquel señor, que no me ayudó nada, que había sido directivo carcelario) que no que te lleve la Policía esposado en un furgón con otros diez o doce detenidos, oliendo a sudor y a pies, y bajar a la cárcel como en una cuerda de presos de esas de las películas americanas o de las españolas antiguas de El Lute.

»A principios de marzo del 2012, cuando menos lo esperaba (y creo que Alberto tampoco) suena el móvil y me llama el abogado. Este era uno contratado expresamente para eso, no el del colegio, que no se dedica al penal sino a asuntos administrativos de derecho laboral fundamentalmente. Un abogado penalista que ha sido el que ha llevado todo el procedimiento y el juicio de Alberto, del que hemos salido arruinados, por cierto.

—Itziar, buenos días, tengo que hablar con Alberto y contigo urgentemente. —Y lo dice con un tono de voz grave, que denota que no es un asunto suave.

—¿Qué ha pasado? —respondo alarmada.

—No es un tema para hablarlo por teléfono. Tenéis que venir al despacho, tan pronto podáis. Cuanto antes. Os espero y hablamos aquí.

»Dejo todo lo que estoy haciendo en el colegio, llamo a Alberto muy alterada y salimos los dos corriendo para el despacho. Sentados delante del abogado, mira a Alberto, me mira a mí y dice muy serio:

—Esto no nos lo esperábamos, ni yo sabía nada hasta este mismo momento. La chica, ante la jueza, ha ratificado todo lo que denunció ante la Policía y además ha ampliado la denuncia. —Y dicho esto se queda en silencio, nos mira a los dos y habla con toda solemnidad—: Afirma que la noche de la cena de Navidad Alberto la agredió sexualmente, manteniendo con ella una relación sexual completa y en contra de su voluntad.

»Míriam, me quedé muerta. Como se dice vulgarmente, si en ese momento me apuñalan no me sale ni una gota de sangre. Me quedé de piedra. Alberto también se quedó muerto, callado. A los pocos segundos, solo musitó con la voz sin salirle del cuerpo:

—Itziar, mi amor, ¿te importa salirte?

»Y allí me tienes a mí, con el mazazo recibido, con una tormenta bestial en el interior de mi cabeza, en la puerta del despacho del abogado, sin saber qué hacer: si morirme allí mismo, salir corriendo y no volver a ver a Alberto en mi vida o esperar a ver qué explicaciones me daban los dos después de la ampliación de la denuncia de esta mujer y el bombazo que había soltado.

»Le daba vueltas al gran lío en que estábamos metidos. Fíjate que yo pensé, en la famosa fecha de la comida, el 22 de diciembre del 2010, que tenía que haberme quedado allí y no irme a casa, porque tenía muchas cosas que hacer. Estos siguieron la fiesta y ahí terminó liándose todo de la peor manera posible.

»Ahí es cuando decidí firmemente mandarlo todo a hacer puñetas y separarme, incluso busqué un apartamento para que Alberto se fuese. Él estaba arrepentido (pura palabrería, pensé, y estaba determinada a mandarlo a la mierda para siempre), me juró que había sido fruto de una noche de fiesta y que perdió todo el sentido común, que no era una historia permanente ni nada de eso. Yo empecé a recapacitar e intenté reconstruirme, pensando en mis hijos y en mi familia. Me costó trabajo perdonar, pero lo hice y en ello sigo. Por eso he puesto lo posible y lo imposible de mi parte para que Alberto no pase ese montón de años en la cárcel, porque es injusto, porque no ha cometido ningún delito como para tener que hacer frente a esa barbaridad de condena. Hay que ser imbécil para haberte tirado a esa muchacha y, después de denunciarte, pensar que eso no lo iba a confesar. ¡Hay que ser imbécil!

XIV

—Míriam, ¿tú sabes el golpe que supone ir al despacho de un abogado que te llama urgentemente porque dice que hay un asunto grave y encontrarte el pastel con el que yo me tropecé? ¿Imaginas cómo se te queda el cuerpo? Ya no estamos hablando de que «Me saca a bailar y me hace gestos lascivos con la lengua», ya no se trata de «Qué buena estás» y «Qué culo tienes», ni de que «Me manda mensajes para que seamos amantes». Se trata de que la chica acusa a Alberto de una violación en toda regla. A mí se me hundió el mundo, el universo entero, en ese momento.

—No puedo ni pensar lo que tuvo que pasar por tu corazón y tu cabeza. Me resulta imposible imaginar lo que sentiste en ese momento. El gran palo debió de ser terrorífico y el chasco monumental, mucho más cuando el otro (un impresentable, perdóname) iba de bueno y de puro y de fiel y no había dicho ni esta boca es mía en todo ese tiempo. ¡Quince meses hacía ya del acontecimiento rijoso! Me imagino a una persona como tú, lidiando con el problema, que ya tenía intríngulis, me refiero a las «Qué culo tienes» y «Qué buena estás» y lindezas por el estilo, y cuando piensas que todo estaba dicho y no había nada más debajo de la alfombra... te cae esa bomba. Ufffff.

—Exactamente eso fue: una bomba. Ni por asomo se me pudo ocurrir nunca un problema de ese calibre. Alberto se manifestaba en casa como un marido ejemplar.

»La chica va al juzgado y ratifica lo que denunció en la Policía unos meses antes. En esta estuvo en enero y en el juzgado en marzo, todo en el 2012, y digo el año porque me parece importante el tiempo transcurrido. Ya verás, Míriam.

»"No fue una cena, sino una comida", le dice la chica a la jueza en la ampliación de la denuncia, y tuvo lugar el día que se sortea la Lotería de Navidad del 2010 (estamos hablando y denunciando quince meses después de que los hechos tuvieran lugar). "Alberto", sigue contando la chica denunciante, "le hizo un regalo en mayo del 2010 y el beso en el tatuaje de la espalda fue en septiembre". Todo eso lo deduzco yo de lo que leí con el abogado porque ella duda, no concreta y vacila mucho.

»Afirma ella ante la jueza que el acoso no era todos los días, pero sí siempre que tenía oportunidad, y que no le agarró su órgano femenino, sino que la cogió por detrás, del culo, entiendo, o metiendo la mano entre las piernas por encima del pantalón, a la vez que decía "Esto es mío". Ella le cuenta a la jueza que lo apartó diciendo "¿Qué haces?", porque estaba secando a un niño tras la piscina. Afirma también que en noviembre tenía ya depresión y fue al psiquiatra y le mandó medicación. ¿Aportó alguna certificación psiquiátrica de la causa de esa depresión? Nada, y ya antes de estos hechos se quejaba de lo mismo, pero achacándolo a los malos tratos que sufrió por parte de su exmarido. Tengo entendido, Míriam, que empezó sus consultas médicas (respetables, eso sí, que todos vamos al médico y todos nos ponemos enfermos de mil y una cosas) en el año 2004, y no creo que Alberto tuviera nada que ver en esas patologías. Que a mí sus patologías no me interesan ni una mierda, pero que no se las adjudique a mi familia, ¡coño! Que todo viene muy bien para montar un revoltillo y sacar provecho, ¡joder! Si es que me vuelvo mal hablada porque el abogado mío no ha hecho ni una puñetera pregunta sobre todo esto. ¡Mierda, que vuelvo a acordarme de mi amiga la que habla del gusto de las mujeres por el drama!

»Míriam, mecachis en la mar, por no decir algo más fuerte. Yo me hago cruces cuando me entero de estas historias y mi razón se pone a analizarlo todo, aunque sé de sobra que no estoy en las mejores condiciones para hacerlo, y también le achaco al abogado que no profundizara en todo porque veo contradicciones por todos los lados. El acoso sexual a una mujer en contra de su voluntad es un hecho muy grave, y la violación mucho más, pero eso hay que probarlo bien probado, porque te estás jugando diez años de cárcel y eso no es una bobada sin importancia, digo yo. ¿Es que, en este país, ante lo que uno considera una arbitrariedad inmensa, no tiene una ni siquiera derecho al pataleo?

»El acoso empezó, según dice ella, en el 2010, cuando de otras manifestaciones, en otros sitios, se deduce que fue al año siguiente, o yo no he entendido nada de todo lo que he visto y leído y escuchado de este caso asqueroso que me tiene mártir, y tampoco sé si se me está nublando el entendimiento como a Don Quijote y yéndoseme la cabeza.

»Hay un lío, un embrollo grande, con las fechas y los hechos. No hay concreción, ni datos ciertos, ni testigos que lo demuestren porque lo hayan visto, ¡joder! Que aquí lo de la presunción de inocencia se lo pasan por el forro. ¿Hay libertad para hablar y decir las cosas claras, o estamos en los peores tiempos del franquismo o, más aún, de la Inquisición?

»Me corroen, todavía más, otras dos cuestiones que no me entran en la cabeza. Soy mujer y, como diría el filósofo, nada de las mujeres me es ajeno, las conozco y me conozco bien. ¿Cómo esperas un año y un mes para denunciar el acoso? ¿Cómo denuncias el acoso y esperas dos meses más para ampliar y denunciar una agresión sexual? ¿Se te había pasado ese detalle sin importancia y caíste en la cuenta después? A mí me agreden sexualmente, me echan un polvo violento (vamos a hablar claro) a la fuerza y en contra de mi voluntad, y ni estoy sola, ni estoy acompañada, ni pienso que me despiden ni leches en conserva. Me voy al hospital primero a que certifique el médico lo que ha pasado, a que compruebe y dé fe de las evidencias que encuentre, escoriaciones, arañazos, lesiones de cualquier tipo, restos biológicos del violador, y luego voy a la Policía de inmediato. Lloraré todo lo que tenga que llorar, pero no me ando con gaitas ni con milongas. Y si luego tengo que ir al psiquiatra, voy, y al médico de cabecera, y al ginecólogo, y a donde haga falta para que quede meridianamente clara la agresión.

»Y nada de eso ha pasado en este caso, ¡joder! Que es que me tengo que sublevar y ponerme atacada de los nervios, solo por pensar el marrón que me ha caído encima por la gilipollez de mi marido, imbécil total, y las estrategias de estas muchachas que, evidentemente y a mi entender, buscan su provecho tras el despido. Y fíjate que hasta entiendo que busquen su provecho. Es solo una opinión. ¿Se puede expresar la opinión propia? ¿Tengo que vivir el resto de mis días callada por si acaso alguien se ofende? ¿No soy yo la gran ofendida y vejada lo mismo que mis hijos?

»Además de esperar quince meses para denunciar la agresión sexual, ¿cómo no la relatas cuando vas al Servicio de la Mujer varios meses antes?, ¿cómo no sale en tus visitas a distintos médicos, que habrían tenido que dar parte inmediato a la Policía?, ¿cómo no hablas de ella en tu primera denuncia ante esa misma Policía? ¿Se te pasó por alto? ¿Era un detalle accesorio "... que esa noche pasó algo más con ese..."?, ¿era un detalle menor para que se te olvidara y no cayeras en la cuenta en tus primeras denuncias ante organismos oficiales, los supuestos defensores de las mujeres y los policías? ¿Te vino a la memoria solo ante la jueza quince meses después? Permíteme, independientemente del enganche que, Míriam, dices que tengo con Alberto, que, como psicóloga, no me crea esa versión. ¿Estás deprimida por el acoso y te vas de marcha, de copas y de pubs con el que te causa la depresión? Es que ahora te contaré, ¡leches! Que están de copas en un pub y luego se van a otro ellos solitos. ¡La acosada con el acosador! ¿Quién se traga eso? ¿Por qué omite ese segundo pub al que van solos? ¿También es un detalle menor?

»El abogado que yo contraté para Alberto fracasó por blando, Míriam, y estoy de acuerdo en que la defensora tendría que haber sido una mujer que clavara el colmillo en esas incongruencias y las pusiera en evidencia ante el tribunal. Eso es muy grave y más grave que lo vas a ver cuando te cuente otras cosas. Me es imposible, dejando a un lado si estoy enamorada o no de mi marido y enajenada por ello, entender esta manera de denunciar unos hechos, al cabo de tanto tiempo y olvidando lo más grave.

»Otra vez ante la jueza, esta chica, Chus, la mayor, porque la más joven, Alicia, se quedó únicamente en el acoso, los bailes y ya está, pues la mayor, así como de pasada, deja caer lo que es más gordo, y nuevamente yo me hago cruces porque si tú eres acosada por un individuo y estás asqueada del acoso a que te somete en tu puesto de trabajo, no te vas de marcha ni de copas ni de bares con él, aunque haya más gente en esa fiesta.

»El que toma la declaración en el juzgado es también para hacerle un monumento a la mala redacción, lo mismo al secretario y a la jueza, ¡leches! Que estas cosas son muy serias y hay que precisar más. Habla en tercera persona, en estilo indirecto incompatible, para mí, con una acusación tan grave: que quiere añadir que "esa noche pasó algo más con este señor". En lugar de decir "este señor esa noche me hizo esto y esto y esto más. Él, fulanito de tal, lo hizo, mi compañero de trabajo, y yo fui la víctima". No... "esa noche pasó algo más con este señor"..., así, impersonalmente. ¡Mierda!

»"Nos fuimos varias personas a un pub y yo entre ellas, y estuvimos bebiendo, y empezaron las insinuaciones." ¿Qué insinuaciones? ¿Quién y a quién y cómo se insinuaba? ¿Usted estaba a disgusto y no se fue? ¿Alguien la retenía contra su voluntad y se tuvo que quedar allí a la fuerza? ¿No cuenta usted que se dejaba las copas enteras y que Alberto y otro compañero se enfadaron y le dijeron que no pagaban más copas para que las dejara sin tocar?

»Continúa un relato que choca y no cuadra en absoluto con el que hacen los demás participantes en la fiesta, y nada de eso queda claro ni en la denuncia ampliada ni después. Esto, a mi entender, ha sido una chapuza de tomo y lomo. Un desastre que no ha revelado la verdad de lo ocurrido y sobre lo que se ha echado tierra encima metiéndole a Alberto los diez años del pedazo de condena salvaje que conocemos para zanjar el asunto y olvidarlo. Que Alberto actuó muy mal, de acuerdo, como un cernícalo sin cerebro o que pensaba con la bragueta, que les tiraba los trastos en el trabajo a las dos, vale, pero esa actuación no son diez años de cárcel.

»No es cierto lo que cuenta porque después, en otras declaraciones y confrontando lo que dicen otras personas, nos damos cuenta de que, si no falta a la verdad (que yo tampoco quiero ir a saco y decir que miente descaradamente, para que veas que soy más delicada que ella), sí se hace un auténtico lío y no sabe ni lo que está diciendo.

»Afirma que hablaron de la preocupación por el trabajo. ¿No dice usted que él la acosaba en el trabajo y eso la asqueaba y le molestaba profundamente? ¿Ahora aprovecha una noche de fiesta y de copas en pubs y le plantea a esa misma persona la preocupación que tiene por ese mismo trabajo en el que es usted acosada por él? ¿Quiere que me trague eso entero o puedo poner en duda algún extremo? Así se tiene que ir en un juicio, a saco en la búsqueda de la verdad, y sin paños calientes.

»¿Estuvo usted con él en un pub? Mucha más verdad es que estuvieron varios en el pub Objetivo y tomaron alguna copa. Ahí usted insistió a Alberto y a otro compañero del trabajo en que la invitaran a las copas. Ellos se mosquearon porque usted dejaba las copas enteras y ellos eran los paganos. Luego, Alberto y usted acompañaron a su casa a la chica más joven, Alicia, porque quería retirarse, y usted y Alberto se fueron a otro pub, de esos de ambiente motero, el Indian, o como sea que se llame, y siguieron de fiesta. Eso es algo muy propio de quien se siente acosado en el trabajo: un señor que es marido de la directora se me insinúa, me hace proposiciones sexuales de todo tipo, me somete a tocamientos y yo, que estoy asqueada y disconforme con ese comportamiento, me voy con él de copas.

»Cuando el resto de la comitiva festera se va disolviendo y se retira, yo me quedo con él y, juntos, nos vamos a otro pub en el que no hemos estado antes, cuando ya está cayendo la madrugada, a las tantas de la noche..., y seguimos juntos.

»Esa versión no hay quien se la trague. La excusa es la de siempre y tampoco obedece a la verdad: "Yo había bebido mucho". No es cierto, no bebió más de dos o tres copas y sin apurarlas, casi sin tocarlas. Luego te seguiré contando con datos en la mano porque ya te he dicho que me he aprendido de memoria las mil horas de declaraciones de todos y de juicios y demás mierdas.

»Pero ¿qué defensa ha tenido mi marido? ¿Por qué en el juicio no se le han hecho a esta persona las preguntas pertinentes para desbrozar este relato impreciso y plagado de errores e incongruencias? ¿Por qué no se han admitido los informes periciales pedidos por la defensa? ¿Por qué no se ha llamado a más testigos? Es todo un desastre que ha terminado en la ruina de Alberto. Un jeta, como tú dices, vale, de acuerdo, pero no un agresor sexual, no un violador.

—Querida Itziar, te tengo que dar toda la razón. Yo no salgo de fiesta con alguien, ni de mi trabajo ni de ningún sitio, si me siento agredida por él, si tiene conmigo un comportamiento forzado y pelmazo, que no soporto ni me gusta, y con el que noto que se aprovecha de una situación de superioridad para meterme mano y tirarme los trastos. Así de claro. No voy con él ni a la comida colectiva, ni a misa, ni a la procesión, ni a confesarme.

»Fíjate que, mientras me estás contando esta película de terror, me acuerdo de un periódico que he leído en casa esta mañana. No me gustan las páginas de sucesos, pero esta mañana no he podido pasar por alto una que me ha saltado a la cara: "Absuelto en Valencia de violar a su hija de siete años. Pese a no dudar del relato de la niña, la Audiencia entiende que el relato es pobre en detalles y plantea a los magistrados un serio problema de valoración del recuerdo de la menor".[2]

»¿No nos hemos preguntado aquí mil veces por la coherencia de lo que estas mujeres cuentan? ¿No hemos preguntado por sus contradicciones? ¿Qué riqueza y qué detalles va a tener el recuerdo de una niña de siete años?

2. www.información.es/sucesos/2022/06/06.

¿De qué va esto? ¿Depende uno de la persona que enjuicie y no hay una vara común de medir? Es para volverse loco de remate.

»Por fuerza me viene a la cabeza lo que salió a relucir el otro día, una sentencia o resolución en los Estados Unidos: "Saber que cada juicio está sujeto a la revisión de la opinión pública constituye un control efectivo sobre los posibles abusos del Poder Judicial".[3]

»Según la Constitución, me dice mi marido que entiende más que nosotras de eso, el artículo 120 dice claramente que "las actuaciones judiciales serán públicas, y que las sentencias se pronunciarán en audiencia pública». De hecho, al final de cada sentencia se dice que ha sido leída en audiencia pública lo que, generalmente, no es verdad. La publicidad de las sentencias constituye un instrumento de garantía de la independencia de los tribunales y de su actuación conforme a derecho porque estos principios se refuerzan mediante el conocimiento de la actuación de los tribunales por los ciudadanos.[4]

»Luego vienen los que anteponen el derecho al honor y a la intimidad si alguien puede sentirlo vulnerado. Itziar, ¿no ha sido vulnerado tu derecho al honor y a tu intimidad con todo el cirio que se ha montado con este caso, siendo tú un personaje más público que los demás intervinientes? ¿Quién protege aquí tu honor si no eres tú misma la que pelea por él como lo estás haciendo?

—No sabes, Míriam, hasta qué punto agradezco infinitamente tu ayuda en este momento insoportable. Yo siento y te agradezco darte esta brasa que aguantas. Seguramente, yo no la soportaría ni loca, ya te habría

3. Corte Suprema de Estados Unidos en «In re Oliver, 333, U.S., 257» (1948).
4. www.acalsl.com/blog/2015/son-realmente-publicas-las-sentencias.

mandado a hacer gárgaras. Sé que soy muy pesada, que sirves como elemento de catarsis para volcar mi miedo, mi angustia, mi cabreo superlativo y mi rebelión contra el mundo, que no ha sabido profundizar en esta situación asquerosa ni aclararla, y ha tratado el problema de manera superficial y rápida para darle carpetazo. Nadie ha cuidado mi honor, nadie mi sufrimiento, nadie mi autoestima. Yo soy una gran perjudicada y a mí me han tratado como un auténtico cero a la izquierda.

—Las amigas no estamos solo para los cafetitos, Itziar, ni para ir de tiendas ni para cotillear y malmeter como aquí y ahora, con este asunto turbio, tantas cotillean y malmeten. Las amigas también podemos ser paños de lágrimas y sostén y muleta cuando la otra persona está bien jodida como es tu caso ahora mismo. Yo estoy segura de que tú harías lo mismo por mí y estoy segura de que, si no con este abogado, que habrá actuado como mejor haya sabido y podido, con otro, o mucho mejor, con otra, vas a conseguir revertir la situación, porque ya lo estás demostrando. A luchadora no hay quien te gane. Y si en España los tribunales no te han prestado atención, habrá que acudir a los tribunales europeos. Recuerda a Don Quijote, Itziar: «Por la libertad, así como por la honra, se puede y debe aventurar la vida».[5]

»¿Qué te parece si nos damos un homenaje por estos tragos amargos que nos estamos pegando? Tengo ahora dos clases seguidas y me voy a darlas inmediatamente, pero a mediodía podríamos irnos a uno de esos baretos que hay en la calle perpendicular y tomarnos un par de cervezas o de vinos o de lo que sea y olvidarnos por un momento de tantos sinsabores y tanta hiel como estamos

5. *Don Quijote de la Mancha*, capítulo LVIII.

tragando. Luego, después del homenaje, de unos vinitos y unos ibéricos, vamos a ir a darnos un masaje a unas ucranianas que conozco aquí cerca que hacen drenaje y masaje deportivo y no sé si algo más, para olvidarnos de este proceso kafkiano, porque estoy segura de que hasta Kafka se habría quedado alucinado de cómo se ha desarrollado esta historia. Con irregularidades, con pruebas denegadas, con testigos que hablan de oídas y... no pasa nada.

»Yo misma tengo atravesada en la garganta una afirmación, y si no la suelto, reviento: un tío me acosa, me incomoda, me oprime en el trabajo... y no me voy con él de comida y de copas en pandilla y, luego, se difumina la pandilla y sigo de copas sola y... No me cuadra. Más que no cuadrarme es que no me lo creo. ¿Eso no desvirtúa el relato como ha pasado en el caso de la niña violada de Valencia?

»Te he dicho ya varias veces, sin ánimo de ofenderte, que Alberto me parece un jeta por más que tú lo excuses con que era muy simpático y muy cubano, que quería mucho a todo el mundo y socializaba con todos. Aparte de eso, por lo que sé, su conducta censurable y sin excusa que la justifique, no merece diez años de cárcel ni por asomo. Es absolutamente desproporcionada. Por eso hablo de Kafka y su obra inacabada y póstuma, porque se la publicaron cuando el autor checo ya había muerto, *El proceso*.

»Un hombre, Joseph, es arrestado una mañana y no sabe por qué. Es pura inquisición, se tiene que defender y no sabe de qué se está defendiendo. No puede buscar argumentos porque desconoce las acusaciones y, a lo largo de todo este proceso kafkiano, hay un problema grave y de base, en el cual queda retratada la inaccesibilidad a la Justicia y a la ley.

»Partiendo de la nefasta actuación de tu marido, me asaltan muchas dudas sobre los delitos por los que ha sido encarcelado y, ante la duda, siempre hay que ir a favor del reo, como dice el adagio latino, que yo ni soy jurista ni me interesa esa ciencia nada. No sé dónde he oído alguna vez a alguien, medio en broma medio en serio, que el derecho, más que una ciencia, es una indecencia, y que las leyes las hacen los poderosos para tener sometidos a los que no lo son y meterlos en vereda.

»¿Quién me dice a mí o a ti o a quien sea que no nos van a denunciar por cualquier delito que se haya perpetrado hace año y medio y sin pruebas fehacientes, solo con la palabra del denunciante? Eso crea una inseguridad jurídica aterradora, del tipo del proceso de Kafka. ¿Quién me dice a mí que no va a venir una señora, con la que mi marido, Jorge, trabajó en un periódico hace siete años, y va a decir que abusó de ella en el aseo de la redacción sin que haya testigos porque fue en la intimidad y solos? ¿Cómo se demuestra eso si solo existe la palabra de la presunta violada? De acuerdo con que esos actos tienen lugar generalmente a solas, pero las evidencias son imprescindibles para, como dicen los abogados y los jueces, cargarse la presunción de inocencia, que uno no tiene que estar permanentemente demostrando que no ha hecho algo. Quien acusa es el que tiene que demostrar aquello de lo que está acusando. Es un horror y causa una inseguridad aberrante y yo, sin ser especialista, pienso que, en nuestro sistema, la inocencia es lo que priva, y para derrumbar esa inocencia hay que aportar pruebas evidentes y flagrantes.

XV

—¿Te das cuenta, cariño, cómo los jueces y los tribunales también se equivocan? Aquí, ya, en el siglo XXI, no hay nadie infalible. Lo acabo de leer en el periódico de hoy porque me ha debido de quedar un trauma desde este asunto negro y, a diario, acudo a los periódicos por si las moscas. ¿Recuerdas el juicio llamado «de los Sala»? Te refresco la memoria, y que sepas que yo, absolutamente ignorante en derecho pero cada día menos, lo he consultado a fondo con otro abogado y me ha puesto las pilas en ese asunto.

»Una familia muy potente económicamente, con empresas repartidas en distintos negocios, sufrió un acontecimiento que saltó a las primeras páginas de todos los informativos. La matriarca de la familia, la señora Martínez, con varios hijos que llevaban los negocios porque el padre ya había fallecido, fue una tarde, el 9 de diciembre del 2016, a uno de esos negocios que regentaba un yerno: Novocar, un concesionario de coches de alta gama en un polígono industrial de Alicante. Dejó el coche en el lavadero de esa empresa y, cuando fue a recogerlo unas horas más tarde, no había terminado de acomodarse en el asiento del conductor y fue asesinada a quemarropa de dos tiros en la cabeza. Ese es el resumen.

»Después del gran escándalo, de la conmoción que supuso ese asesinato, la Policía investiga, el juzgado se pone en marcha y se fija como principal sospechoso (estuvo incluso algún tiempo en prisión preventiva por ese asunto) al yerno de la asesinada que regentaba el negocio de coches. La familia se divide (no olvidemos los muchos intereses económicos que hay en juego y las que se lían en todas las familias con herencias importantes de por medio). Las hijas se ponen de una parte y niegan que ese yerno tenga nada que ver. El hijo se enfrenta a las hermanas y está convencido de que el autor del crimen es su cuñado, presentándose en el juicio como acusación particular contra él.

»Se celebra el juicio con un jurado popular, que, en estos casos, es la manera que tiene el pueblo de participar en el hecho de impartir justicia: es el jurado popular el que absuelve o condena y el magistrado-presidente solo es quien dirige el juicio y pastorea a los jurados, que son legos en la materia, lo mismo que yo. Como no son especialistas en derecho ni en criminología, intervienen como hombres de la calle que dan su veredicto de acuerdo con las pruebas y los argumentos que les han presentado.

»El juicio fue un auténtico espectáculo porque había muchos medios de comunicación, siempre atentos a todo lo que pasara, siguiendo al acusado, a testigos y a peritos, con fotos y carreras a las puertas de los juzgados, y tuvo muchos dimes y diretes. El primer veredicto del jurado fue condenatorio para el yerno de la asesinada, pero la magistrada-presidente de la sala, cuando se lo entregaron y lo leyó, lo devolvió al jurado diciendo que estaba falto de motivación. Ese veredicto condenatorio fue destruido por la magistrada-presidente para que el jurado, con motivación suficiente, elaborara otro.

»La inaudita destrucción del veredicto condenatorio hace legítima la duda de si fueron las indicaciones de la magistrada las que hicieron cambiar de criterio al jurado, que, dos días después, absolvió al acusado de asesinato.[6]

---

6. Diario *Información* del 25 y del 29 de mayo del 2022.

»He leído textualmente en el periódico, refiriéndose al veredicto condenatorio:

> La magistrada... llamó a las partes y devolvió... el veredicto que tras doce horas de deliberaciones había alcanzado el jurado popular. Acto seguido, y al grito de «el acta es mía», y en medio de una audiencia en la que la tensión se podía cortar, le negó el documento a las partes impidiendo la fiscalización de una decisión judicial a la que acusaciones y defensa tenían derecho para determinar si estaba o no motivado tal rechazo, y poder alegar al respecto.

»Eso es un hecho gravísimo, que puso en bandeja al letrado recurrente, un tipo muy listo y preparado, salir victorioso de la casación. Tras la rotura del acta, el jurado volvió a deliberar y decidió absolver al acusado. Respecto de este hecho sorprendente, la sentencia de casación dice:

> En el presente caso, las indicaciones efectuadas por la magistrada-presidenta suscitan la más que fundada duda acerca de si fueron interpretadas por los miembros del jurado como una invitación al cambio de criterio inicialmente exteriorizado. Esa sospecha habría quedado definitivamente descartada si el acta inicial permitiera conocer la influencia y el alcance que tuvieron las indicaciones de la magistrada-presidenta. Esto es, si sirvieron para completar omisiones valorativas o si llevaron a los miembros del Jurado a la convicción de que se habían equivocado porque el juez técnico que tutelaba su decisión les advertía del peso exoneratorio de otras pruebas. Pero nada de esto resulta ya posible. La destrucción del acta lo impide y hace que se resienta el derecho a un proceso con todas las garantías.

»Entiende la sentencia, por tanto, que la posición de la magistrada al romper el acta y dar las indicaciones que dio al jurado popular bien pudo servirle a este como indicativo de que lo había hecho mal y tenía que rectificar su decisión. Y termina diciendo la sentencia:

> En definitiva, las limitaciones alegatorias y de fiscalización derivadas de la ocultación del acta que reflejaba el primer veredicto generaron en el recurrente una indefensión material constitucionalmente proscrita.[7]

»Un follón de tres pares de narices. Y añade el periódico, que me voy a leer otra vez y a aprendérmelo de memoria como modelo de buen hacer del abogado, que hay que sumar otra irregularidad de imposible reparación a las ya habidas:

> La destrucción de ese primer veredicto privando definitivamente a acusaciones y defensa de poder conocer si las razones de la magistrada para devolverlo estaban justificadas, cercenando al mismo tiempo las posibilidades de recurso y eximiendo del imprescindible control jurisdiccional la decisión de la juez. La desaparición de ese documento es de una enorme gravedad… nadie acierta a explicar cómo pudo hacerse desaparecer.

»¿Quién dijo que las decisiones judiciales no se pueden criticar ni se pueden publicar en los periódicos? Pues aquí las ponen con pelos y señales y algo de esa imposibilidad he leído yo en algún sitio. ¿Yo no puedo hablar de lo que creo que son irregularidades conmigo y los demás sí?

---

7. Diario del 30 de mayo del 2022, artículo caso «viuda de Sala», letrada Mónica Nombela.

¿Pudo escribir *J'accuse...!* Émile Zola? ¿Pudo escribir *A sangre fría* Truman Capote, y no puedes decir tú alto y claro lo que creo que ha pasado contigo? ¿Qué Estado de derecho y qué país con libertades es este? La indefensión constitucionalmente proscrita, a que ahí se alude, es lo que me ha pasado a mí y a mi familia, pero claro..., el condenado es un negro cubano, no es español y no es blanco. Se ve que nosotros no somos tan importantes.

—Yo creo que el Supremo, desde mi ignorancia jurídica, intenta paliar, con la repetición del juicio que sentará otra vez al mismo acusado en el banquillo, la actuación de la magistrada, que no parece ser todo lo diligente que podría esperarse. O sea, que se equivocó en su actuación.

—¿Pues sabes qué te digo, Míriam? Que se equivocó en este juicio lo mismo que se equivocó en el de Alberto, aunque nosotros no hayamos tenido tanta suerte en el recurso al Supremo que yo creo que ni han leído siquiera. La pena es que no conociera yo antes a este abogado tan bueno, Ruiz Marco, para haberle encargado el caso a él, que otro gallo nos habría cantado.

»En fin, bastante harta estoy ya de todo lo que suene a juicios y a acusaciones, a sentencias y a recursos. Incluso estoy harta de todo lo que suene a abogados y a peritos y a informantes, porque lo único que he sacado en claro de todo esto es que mi marido sigue en la cárcel y a mí se me está yendo un chorro de dinero como si se colase por un desagüe. No quiero ni oír nada de todo esto, pero no obstante, te voy a seguir contando la historia al detalle para que tú digas si tengo razón o se me está yendo la olla sin remedio, que tampoco diría yo que a ciencia cierta.

»No paro de pensar, querida Míriam, en lo que hablamos ayer o antes de ayer, que ya soy incapaz de recordar cada frase y cada lugar, de tanto como le hemos pegado vueltas por todos lados a este asunto lúgubre. ¿Cómo una persona acosada en el trabajo se va de comida y luego de copas con el acosador?

»Aquí no me queda más remedio, si quiero aclararme, que convertirme en Sherlock Holmes e investigar, como si fuera la exégeta de los manuscritos del Mar Muerto que se encontraron hace casi un siglo y que son la clave de más de media Biblia. Rebusco compulsivamente entre mis notas, para encontrar resquicios y contradicciones, porque no olvides que, al tratarse de mi marido, yo seguí cada segundo, y con cada coma, todo lo que se decía y a todo el que lo decía, mientras se instruía este caso.

—Querida Itziar, amiga. Tú eres la psicóloga, y la que sabes de conductas y procesos psíquicos de los humanos. Yo no te voy a enmendar la plana ni me voy a meter en tu terreno, porque lo mío es el inglés, bastante más fácil que lo que ocurre dentro de las cabezas. ¿No crees (te lo digo por última vez) que deberías tirar ya la toalla, conformarte y empezar a buscar un poquito la paz y la tranquilidad que necesitas? ¿No crees que esta postura empecinada tuya en buscar la verdad de lo que pasó y negar a todo un Tribunal Supremo solo te va a acarrear a ti y a los chicos unos problemas inmensos a los que no tienes por qué hacer frente? ¿No es hora ya de pasar página?

—Mi querida Míriam: si hiciera eso que me aconsejas (con toda tu buena voluntad y tu cariño, eso lo tengo claro, como también el inmenso apoyo que me estás prestando), no sería yo y no podría dormir tranquila jamás.

»Sé que Alberto ha sido un caradura, un cubano caribeño típico, y que me ha sido infiel (y aún no hemos desgranado todas las hazañas de ese famoso y nefasto día de la comida navideña), pero para mí ha sido un magnífico marido y un magnífico padre de mis hijos, que lo adoran a pesar de todo. Ya te conté que estuve a punto de mandarlo todo a tomar por saco y echarlo de casa a patadas.

Reflexioné, me tragué todos los sapos que tuve que tragarme y decidí perdonar y seguir con él. Eso es todo.

»Sigo con él, no puedo dejarlo abandonado en la cárcel porque mi convicción más íntima es que su conducta no merece ese pedazo de condena que le han echado encima. Perdón, que nos han echado encima a los cuatro, los niños incluidos. Seguro que los acosos de que hemos hablado (fíjate que he cambiado mi actitud desde el principio), ese "Tenemos que quedar fuera", "Qué buena estás", "Qué cosas podríamos hacer tú y yo" y "Esto es mío", dicho mientras le cogía el culo directamente, merecen un reproche del Estado que es quien aplica el Código Penal, un reproche, una condena, pero no diez años, que es algo absolutamente desproporcionado.

XVI

—Yo creo que se impone intentar tranquilizarnos un poco, poner un poquito de cordura en esta vorágine en que andamos metidas, y decidir con calma qué es lo que hay que hacer. Itziar: tú dices que andas repasando punto por punto cada minuto del procedimiento que ha dado con Alberto en la cárcel, que estás dispuesta a seguir gastando dinero en abogados, en detectives, y en todas las investigaciones que sean precisas para descubrir la verdad. ¿Cuál es la verdad? Porque muchas veces, la verdad no coincide con aquello de lo que estamos convencidas. Tú tienes unas convicciones y los tribunales han tenido otras, está claro, y así ha quedado escrito en las sentencias.

—Míriam, hija, ya sabes el refrán: «Ilusiones y jorobas, no hay médico que las cure». Yo puedo tener convicciones, puedo tener sospechas, puedo estar más o menos enamorada de Alberto y querer ayudarle, pero eso no me hace necesariamente imbécil. Hay, lo que los abogados y los filósofos y los médicos y cualquiera que hable sobre el ser humano afirman, presupuestos racionales, que apoyan todo lo que tú crees y te indica que no estás desvariando ni sufres alucinaciones.

»Antes te he preguntado: ¿es normal que una mujer acosada, a la que molesta cualquier acercamiento o proposición del acosador, se vaya con él de comida y luego de copas? Y la pregunta aún no ha tenido respuesta. Por eso voy a seguir con mi investigación que refuerza mis argumentos. A ver si es que el acoso empezó ese día y antes Alberto era un hombre ejemplar, un fraile benedictino, vamos.

»Chus, la chica mayor y la más gravemente agredida, y esto lo pongo entre mil comillas, dice en el juzgado, quince meses después de los hechos, que "él solo le dejó un regalo en mayo del 2010"; que "el beso en el tatuaje fue en septiembre"; que (el acoso se entiende) "no fueron todos los días pero sí en muchas ocasiones, siempre que tenía oportunidad"; que "no le agarró el miembro genital femenino, sino que la tocó por detrás diciendo *esto es mío* y ella le apartó diciendo *qué haces*, dado que estaba secando el pelo a un niño"; que "antes de noviembre ya tenía síntomas de depresión y se lo contó al médico, que la mandó al psiquiatra, quien le dio medicación".

»¿De qué año está hablando esta chica? La cara dura de Alberto, aunque me duela, y a mi pesar, la considero probada y entiendo que habla del año 2010. He ahí mi primera gran duda. ¿Cómo vas a una comida con todos tus compañeros, incluido el que te acosa, cómo terminas la comida y te vas al médico por tus problemas estomacales, y cómo acabas del médico y vuelves otra vez a sumarte a la marcha? Porque yo tengo información de primera mano, y no solo de Alberto, de su estancia en el pub Objetivo, de hasta cuándo estuvieron allí, lo que hicieron y de qué hablaron.

»Si tú estás en un pub con quien te acosa, con más gente en ese local, ¿empiezan las insinuaciones, como declaras, y sigues allí tan pancha, si te molesta profundamente lo que te están insinuando? Y no solo eso, Míriam, que tengo más información: ¿se van unos cuantos del pub y vais tú y él a acompañar a una de las dos acosadas a su casa (la menos acosada) y te vas luego con él a otro pub tú sola mucho más tarde de las doce de la noche?

»No puedo creerme nada de eso y no sé cómo durante las declaraciones y en el juicio no se intentó desentrañar todo ese revoltillo infame. Porque yo, y creo que tú también, Míriam, si estoy en un sitio y me empiezan a hacer el buitre y no me gusta lo que oigo, pongo tierra de por medio inmediatamente y me largo del sitio. Pero aquí no fue así. Me quedo y el acosador me dice que vayamos a acompañar a su casa a Alicia y yo voy con él, y luego me quedo a solas con él en otro local no muy lejos de allí hasta las tantas de la madrugada.

»Fíjate, Míriam, que no quiero acusar a Chus de mentir deliberadamente ni de nada, pero yo también estoy en el derecho de defender a mi familia. Esta chica hace unas declaraciones farragosas, inconcretas y llenas de lagunas, que yo de esta ya te he dicho que salgo especialista en investigaciones judiciales y abro, por lo menos, una agencia de detectives.

»Yo no digo que mienta y acepto incluso el acoso primitivo que llevó a cabo Alberto en plan cubano simpático y caribeño, dicharachero y ligón. Lo acepto, un jeta con todas las letras independientemente del choque cultural que hemos dicho. De ahí a ser un violador hay un trecho muy amplio y te voy a explicar por qué.

»Asumamos el acoso inicial. Esta chica, Chus, y la otra, Alicia, tenían un trabajo temporal y, en varias ocasiones, incluida la noche después de la comida de Navidad en el pub Objetivo, dejaron caer, ya no sé si ambas o solamente Chus, ante Alberto y ante otro trabajador del centro, "que estaban preocupadas por la renovación de su contrato", que "les gustaría seguir trabajando en el colegio"... y todo eso sugiriéndolo suavemente, y poniendo ojitos, pensando que Alberto y el otro, profesor y jefe de estudios, tenían cierta capacidad de influencia en esas decisiones. Yo no digo que Chus sea una mentirosa, ni siquiera que pretenda mentir en su beneficio a propósito. Sí digo que, por un elemental principio psicológico, y ahora sí me reivindico como psicóloga profesional, ella ha reelaborado la realidad para su propia comodidad a nivel consciente e inconsciente, y está segura, se lo cree ella misma, que nunca quiso nada, que no admitió ninguna conducta inmoral o clásicamente indecente, y que su comportamiento ha sido digno y exquisito desde el primer minuto. Ese deseo íntimo y esa pugna por el equilibrio psíquico interno y por la propia imagen está descrita perfectamente desde Freud e incluso antes. Hasta Séneca, aquel cordobés estoico, orador y primer ministro con los gobiernos de Tiberio, Calígula, Claudio y Nerón, que se acabó suicidando por culpa de las intrigas de este último y para no perder su dignidad, hasta Séneca en su obra *De tranquillitate animi* (*La tranquilidad del espíritu*) lo dice bien claramente: "¿Quién se atreve a decirse la verdad? ¿Quién no se ha valorado él mismo mucho más? Una de las peores cosas es sentirse a disgusto con uno mismo. Cada cual huye siempre de sí mismo, pero ¿de qué le sirve si no puede escapar? Uno va consigo mismo y, como un acompañante pesadísimo, se molesta a sí mismo".[8] Está claro, ¿no?

—Vamos a ver, Itziar, y te pregunto, como tú has dicho, en tu calidad de psicóloga. ¿Me estás diciendo que esta chica, la principal acosada, la sexualmente agredida, ha reelaborado la realidad a su medida, una realidad que en verdad no tuvo lugar así, solo para alimentar su estabilidad psíquica, para tener su conciencia tranquila y estar serena?

—Exactamente, Míriam, pero no lo está haciendo a mala leche, ni diciéndose a sí misma: «Voy a inventarme

8. *Locos por los clásicos*, Emilio del Río, pág. 53, ed. Espasa.

una trola morrocotuda, una mentira intragable, y voy a liarla bien liada siendo más falsa que Judas Iscariote». Esta chica, Chus, actúa, lo hace, desde el minuto cero, como un mecanismo de defensa inconsciente y automático, y repite, como ya afirmaba Joseph Goebbels hace ochenta o más años, verbaliza una y otra vez una falsedad que se cree todo el mundo, y ella misma, porque se convierte en verdad después de tanto repetirla.

»No la comparo con el manipulador criminal Goebbels. ¡Solo faltaba! Hablo de un intento freudiano de equilibrio psíquico, porque el ser humano tiende a justificar, a entender para sí mismo, que todo aquello que hace está bien y es acorde con sus principios, y entonces (pienso yo, y es mi teoría por ahora inamovible y basada en lo que sé de psicología), como no puede decirse a sí misma: "Yo me he acostado con el marido de la directora porque me apetecía", porque eso le resulta incómodo en su interior, se inventa, inconscientemente, que ella no quería y que la relación ha sido forzada.

»La única defensa que hay y que yo tengo contra eso, mecanismo psicológico inconsciente, involuntario y por eso mismo no doloso por parte de esa chica, es investigar, utilizar la razón y encontrar todos y cada uno de los fallos que hay en su argumentación y que conducen a afirmar que lo que dice no se corresponde con la realidad. Eso es lo que tenía que haber hecho el abogado y eso es lo que no hizo. Encontrar en su argumentación y en sus exposiciones, situaciones imposibles, hechos que no pudieron tener lugar. Y si no lo hizo él en su momento, lo haré yo y llegaré hasta los tribunales europeos si es preciso, aunque tarde tiempo y me den la razón (que me la darán) cuando la condena de cárcel esté ya cumplida.

—Itziar, querida, ¿no eres demasiado pretenciosa en tu proyecto? Tú no eres detective, no eres policía, no eres especialista en derecho penal..., solo eres una psicóloga que dirige un colegio, leches. ¡Deja ya de meterte en camisas de once varas! ¡Dedícate a la pedagogía infantil! ¡Zapatero a tus zapatos!

—Me meteré en la camisa que quiera y no voy a parar, y mis zapatos, ahora mismo, son estos de los que te estoy hablando. Voy a desentrañar este batiburrillo desorganizado, pero que ha servido para hundir a mi familia y destrozarla, por la desidia y el burocratismo infame y el modo funcionarial entendido en el peor de los sentidos, con que ha sido tratado el caso. Esta es la clave, que lo que para muchos profesionales es «un caso», un montón de papeles sin más valor que el peso que tienen en el trapero, para mi marido, mis hijos y para mí misma, es una situación que ha comprometido nuestras vidas desguazándolas, haciéndonos polvo a los cuatro.

»Mira un ejemplo simple, Míriam, de lo que estoy afirmando: Chus, en su ampliación en el juzgado, es inconcreta y errática en sus aseveraciones. Navega para un lado y para otro, es diletante y no fija fechas y conductas como es exigible en un procedimiento en el que te juegas la libertad de una persona para muchos años. ¿No me has dicho tú antes que en Valencia han absuelto a un padre de violar a su hija de siete años porque el relato de la chiquilla era pobre y no tenía detalles? ¿No es para tirarse por lo alto de un puente, esa barbaridad? ¿Ese relato de una pequeñita era pobre y este de una mujer hecha y derecha es rico y detallado? ¡Hay que joderse!

»Le dice a la jueza, bien dicho, que no fue una cena sino una comida, y cambia la fecha del 17 de diciembre al 22. Perfecto. Omite que (insisto en su no intención de mentir) tras la comida del grupo numeroso, comida en la que yo también estaba y todos andábamos con muy buen rollo y mucha alegría y muchas Felices Navidades y a

Belén pastores y campana sobre campana..., se disuelve el grupo y unos cuantos se van al pub Objetivo.

»Ella no fue a ese pub en un primer momento, se fue al médico, como iba muchas veces, por sus desarreglos clínicos que no hacen al caso. Al salir del médico, la acosada por Alberto, la que no podía soportar la tensión del acoso, se vuelve a unir a ellos en el pub. ¿No es extraño? Para mí, al menos, sí. Yo, si voy a una comida colectiva del grupo de trabajo, me coloco lo más lejos posible de mi acosador y, desde luego, no vuelvo al pub en el que está de copas para alternar y estar de cháchara con él y con más gente.

»Están allí bastante tiempo y tengo el testimonio del otro profesor, no solo de Alberto, que puede no ser creíble porque es parte interesada. Ellas, Chus y Alicia, piden varias veces que les inviten a una copa, y eso hacen los dos y, de nuevo, Chus vuelve con su monserga de que "le gusta mucho su trabajo", que "está muy a gusto en el colegio", y que "quiere que le renueven el contrato" y que "es una mujer maltratada por su exmarido". Era difícil que ella siguiera en ese puesto, porque uno de sus trabajos fundamentales era cuidar a nuestra hija, y eso, después de las Navidades, ya no era necesario. Ella sabía que su contrato acababa en junio porque la tarea esencial, cuidar a la niña, ya no era precisa.

»Los dos hombres *pagafantas* se enfadan con ella un poco, porque le pagan varias copas y las deja prácticamente enteras, sin tomar. Luego tampoco es cierta la otra afirmación que hace en el juzgado de que "había bebido mucho". No había bebido prácticamente nada porque se había dejado todas las copas enteras y fue recriminada por ello. ¿Le han preguntado todo esto en el juicio o en alguna otra instancia? No, señora, o al menos yo no lo he oído, y por eso estoy cabreada con esta forma de llevar las cosas, porque me revienta el trabajo mal hecho.

»El profesor jefe de estudios (me lo ha dicho a mí personalmente) está incómodo porque Chus se pone muy pesada y zalamera y casi lo acorrala. Este profesor (si quieres te digo el nombre pero no hace falta porque lo conoces perfectamente y coincides con él cada día), sobre las doce y media de la noche, harto ya del peñazo, dice que se va y así lo hace porque al día siguiente tiene que irse de viaje, creo recordar que a Cáceres. Salen Alberto y él del pub y las dos chicas salen detrás, Chus y Alicia. Esta última vive cerca, y Chus y Alberto la acompañan andando hasta su casa.

»¡Aguántate que vienen curvas! Al salir del pub Objetivo (cuenta el cubano y nadie lo desmiente) salen por separado, no juntos, para disimular, incluso andando al principio en sentido contrario para después irse juntos. Si llevaron a Alicia hasta su casa, ¿ella participó en la maniobra? ¿También estaba compinchada para salir del Objetivo disimulando? Ninguna de estas preguntas se hace y, por supuesto, no se contesta. Acojonante.

»¡Pasmada me quedo! El acosador y las dos acosadas, de madrugada, andando tranquilamente por la calle acompañando a una de ellas a su casa. Como dicen los filósofos, la estampa idílica repugna al más elemental sentido común. ¿Se ha dicho algo de esto en el juicio? ¿Ha habido alguna pregunta incisiva y sorprendida ante esta situación? Pues yo tengo que ir al otorrino y al neurólogo porque no lo he oído.

»"¿Dónde tienes el coche?", pregunta Alberto a Chus, porque él no había llevado el suyo y sabía que ella sí. "Lo tengo aquí mismo", contesta ella, tranquila y relajada, caminando en su paseo nocturno calmado. "¿Te apetece tomar otra copa, la última, ahora más tranquilamente y sin tanta gente y tanto jaleo?", pregunta Alberto, seguro de que ya ha pillado cacho a la vista de la conducta dulce de la otra.

»Y los dos (el sinvergüenza de mi marido y ella), tranquilamente, y lo digo siendo consciente de la repetición, se van en el coche de ella, conduciendo ella, pasada la una de la madrugada, hasta el pub Indian, uno de ambiente rockero y motero, con gente con chupas de cuero y botas de punta fina y con tachuelas y música rock a tope, que hay a un kilómetro y medio o dos de donde estaban.

XVII

—¡Jorge! —Mi chico descuelga el teléfono al segundo pitido, jamás me hace esperar esté donde esté y con quien esté—. No tardes hoy mucho, por favor. Tengo que contarte muchas cosas de ese asunto escabroso que tenemos entre manos.

Jorge se presenta en media hora escasa, sonriente, cariñoso, zalamero... Inevitablemente, otra vez, me hace pensar que, viendo lo que veo por el mundo, soy una mujer con suerte por tenerlo incondicionalmente a mi lado.

—Cariño —digo mientras me abrazo a su cuello y noto cómo mi beso eriza hasta el último centímetro de su geografía—, hoy ha sido un día muy duro. Itziar me cuenta de la aventura desgraciada de su marido y hay un montón de cosas que no me cuadran y tú eres el único que puede aclarármelas.

»¿Tú crees normal que una mujer acosada y molesta en el trabajo con la conducta pegajosa y sobona de un tipo al que rechaza de plano, se va con él de copas en grupo, reintegrándose a la juerga después de interrumpir la fiesta para ir al médico? ¿Tú crees que cuando todos acaban en el pub, a las tantas de la madrugada, y se marchan cada uno a su casa, ella se va sola con él a seguir la fiesta a otro pub de música rock y de gente motera?

—Hombre, muy normal no parece. A mí me resulta difícil meterme en el pellejo de una mujer, pero si un tío te molesta, si te da la brasa y te resulta un pelmazo, no digo ya un acosador sexual, yo no voy con él ni a misa. Si tú piensas que un tipo se vale de ser el marido cubano de tu directora para tirarte continuamente los trastos, yo procuro mantenerme lejos de ese jamelgo y no salgo a su lado ni a la puerta de la calle. Mucho menos a tomar copas o a seguir ninguna fiesta de nada, y me da lo mismo que haya que celebrar la Navidad, la Cuaresma o la Semana Santa.

»Ahora bien, esa es la versión de Itziar, que es una versión partidista por más que ella quiera ser equilibrada y equidistante. ¿No me dijiste que estaba colada hasta las trancas por el cubano? Pues entonces su versión siempre la tendré que poner en tela de juicio.

—Estoy de acuerdo contigo, pero es que hay más. Cuando acabaron las copas en el Objetivo, que ella dejó enteras y por eso los dos «paganos» le afearon su conducta, porque las pedía y las dejaba sin tomar, acompañaron a la otra «víctima» a su casa, paseando de noche por las calles desiertas, y luego se fueron solos a otro pub de moteros, el Indian.

»Allí, siempre según la versión de él, pero que Chus no contradijo en el juicio, o al menos yo no conozco esa contradicción si se ha producido, estuvieron besándose y metiéndose mano en el más pleno sentido de la palabra.

—¿Alguien ha interrogado a algún camarero de ese pub de motos? —inquiere Jorge casi enfadado y, desde luego, con cara de muy pocos amigos—. Ese es el trabajo de los abogados, ¿o solo están para revisar códigos y reglamentos? Si hay un negro de cuarenta y pocos años y casi dos metros, y una mujer, los dos solos metiéndose un repaso de padre y muy señor mío en un pub, eso no puede pasar desapercibido para todo el mundo. Alguien a lo mejor lo vio, se dio cuenta y lo recuerda, aunque sería casi un milagro después de tanto tiempo... En esos sitios va todo el mundo a lo mismo, a meterse mano y a darse morreos, y un morenazo de casi dos metros con una autóctona es posible que pasen menos desapercibidos..., pero hay que trabajar, investigar y pisar el lugar de los hechos.

—Déjame que te siga contando, cariño. Se fueron del pub y se fueron a la calle de atrás (ya estamos hablando de cerca de las tres de la mañana), y siguieron con los arrumacos en una especie de entrada a un garaje, detrás de unos contenedores de basura y cartones para estar más resguardados, aunque a esas horas tampoco hay tantas posibilidades de ser visto ni molestado por ninguna multitud, y no es el sitio más adecuado ni más perfumado para andar festejando.

»Al poco tiempo él dice: "Vámonos a un sitio cerca de aquí y de mi casa para estar más tranquilos, que este sitio no me gusta". Y ella obedece tranquila y de buen grado, coge el coche, su coche, y conduce, guiada por él, hasta una calle sin salida, que termina en una pequeña rotonda al borde del mar. Son las cuatro de la mañana y no hay prácticamente ninguna posibilidad de que nadie aparezca por allí, y está cerca de la casa familiar de Alberto. Y aquí comienza la batalla, la madre de todas las batallas y del cordero, porque ella, Chus, no dice nada del pub Indian y, después de él, es donde las dos versiones son contradictorias.

—Querida Míriam: parece que lo estuviera viendo. Hubo una relación sexual completa. Él dice que la relación fue consentida y ella dice que fue forzada. Y eso lo dice quince meses después de que tuviera lugar. ¡Tócate los cojones!

—Cariño mío, ¿eres adivino?, ¿llevas escondida en algún sitio la bola de cristal? Ella cuenta que se fueron a acompañar a su amiga. No cuenta, efectivamente, nada de la parada en el pub de moteros. Afirma que había bebido mucho alcohol, cuando ya parece claro que los otros pagaron sus copas pero que no se las tomó, que eso también lo debió de dejar claro el abogado interrogando al otro profesor que compartió ese tiempo con Alberto y las dos chicas.

»Ella conducía su propio coche, y él iba en el asiento del copiloto. Vuelve a afirmar que iba "algo bebida" (no mucho, como había dicho un poco antes, sino algo), que él comenzó a decirle obscenidades y que ella le dijo que se apartara, que se abalanzó sobre ella tocándole los genitales y los pechos y diciéndole: "Esto es mío". Ella insiste en que le dijo que no la malinterpretara por llevarlo a su casa en el coche, pero no le hizo caso. Le separó las piernas, le bajó las medias y las bragas y, aunque ella estaba muy asustada, él le dijo que le gustaba porque estaba muy mojada y la penetró.

»Jorge, ella estaba sentada en el asiento del conductor y él en el asiento del copiloto. ¿Es posible una penetración de esa forma en un coche de tamaño mediano, del tipo Ford Focus o Seat León, llevada a cabo sobre una mujer de un metro setenta de altura y setenta y cinco kilos de peso por un hombre de uno ochenta y siete y cien kilos? Yo lo veo muy difícil, por no decir imposible. Cuando quieras, nosotros, que no tenemos esa envergadura, lo intentamos en nuestro coche, que es de un tamaño similar, y verás qué desastre preparamos.

»No hay testigos, no hay marcas y no hay restos biológicos. No hay nada más que la palabra de Chus contra la palabra de Alberto, porque la denuncia, mejor dicho, la ampliación de la denuncia, no se produce hasta quince meses después de que los hechos hubieran tenido lugar. Quince meses son muchos meses. Hay tiempo para reelaborar la historia, incluso a nivel inconsciente, como dice Itziar, que es psicóloga. Hay tiempo para reinventarla incluso sin intención de mentir, como mecanismo natural para el equilibrio personal, para estar a gusto consigo misma.

—Querida mía: no necesitamos hacer ningún experimento ahora en un coche, que ya no estamos para grandes contorsiones. Acuérdate de cómo en nuestros años mozos hicimos nuestros pinitos en el coche, lo mismo que los ha hecho todo el mundo. Era una incomodidad supina, y siempre, cuando buscábamos un descampado desértico y lo encontrábamos (tampoco es cuestión ahora de dar localizaciones geográficas), nos íbamos al asiento de atrás, que es más amplio y no tiene los inconvenientes del volante, el freno de mano, la palanca de las marchas y la bandejita esa que hay en medio para dejar llaves y otras minucias, que tienen muchos coches y que es un estorbo cojonudo si quieres llevar a cabo esos menesteres. De todas formas —dijo sonriendo ampliamente, porque este Jorge es tremendo—, ya conoces la vieja canción: «¡Qué difícil es hacer el amor en un Simca 1000!». Yo no sé si el coche en el que maniobraban estos dos palomos sería mediano u otro más grande, pero... con ella en el asiento del conductor y midiendo el tío casi un metro noventa, un mastodonte de cien kilos... lo tiene difícil. Muy difícil. Yo juraría que imposible. ¡Vamos..., que es imposible echar un polvo ahí, que te lo digo yo!

»He conocido alguna polémica parecida, y los jueces, por lo general, dan mucho valor a la mera palabra de la mujer, porque, claro, las violaciones tienen lugar siempre en sitios solitarios, y cuando no hay otra gente delante salvo el que viola y la violada. El consentimiento siempre ha sido, desde que yo tengo uso de razón, al menos nominalmente, que tampoco sé si la razón me acompaña permanentemente, *conditio sine qua non* para que una relación sexual no sea delictiva.

»El poder político define siempre la política criminal y ellos, que para eso cobran, son los que tienen que definir las conductas que hay que condenar. El tipo que fuerza a una mujer a tener sexo…, a la cárcel. El que la mata, ¡por supuesto! El que le pega, la hostiga de cualquier manera, la amenaza, la somete a cualquier tipo de esclavitud…, a la cárcel, pero con el derecho penal, procesal y constitucional de por medio, es decir, con las garantías que exige el principio de legalidad, con el derecho y las garantías de por medio de manera inexcusable, porque de lo contrario todos estamos en precario. No es de recibo invertir la carga de la prueba porque crea una situación peligrosísima. El que acusa tiene que probar, así de claro.

»¿Creen ustedes que los delitos se eliminan de golpe solo haciendo leyes? Como dice mi amiga Laura, que es abogada y nos haría falta aquí y ahora: “No hay ningún delito que se haya erradicado a lo largo de la historia por medio de una legislación. Ni con la hoguera, ni con la horca, ni con el garrote vil ni con la pena de muerte”. Estudien cualquier escuela criminológica. Toda sociedad tiene en su esencia la desviación social, y mientras haya seres humanos habrá delitos. Los delincuentes, de todo tipo, son como los pobres del Evangelio: siempre estarán con nosotros. La lucha contra ellos es algo permanentemente diario. Y depende de quién tenga el poder se tipifican unas conductas u otras, como dicen sabiamente los de la escuela crítica de criminología de inspiración marxista con la que me identifico.

»A bombo y platillo se anuncia en estos días, aunque ya sabes, cariño, que te lo he dicho mil veces, que yo no toco esos asuntos, se anuncia en el Congreso la votación de una ley orgánica de garantía integral de libertad sexual. Todo político (principio que pretendo establecer desde hoy), más cuanto más efímero es su paso por el poder, como muchos que vemos pulular, tiene una pulsión megalómana de quedar en la memoria para los siglos venideros, como los faraones con las pirámides. "Yo he sido quien hizo la ley de garantía de la integridad sexual", proclama engallado. Y se queda tan a gusto, porque con el principio periodístico del "Solo sí es sí" cree que ha descubierto la pólvora.

»Me empapo del Diario de Sesiones de las Cortes. Pura vanidad anarcoide para que se vea que uno se documenta. Leo que una señora dice: "... la violencia sexual contra las mujeres supone una forma de discriminación y la vulneración también de una amplia relación de derechos humanos". Totalmente de acuerdo, pero no veo ninguna novedad. Esto ya lo sabíamos todos hace mucho tiempo y creo que está comúnmente asumido.

»Habla otra señora algo más contundente: "... es repugnante cómo se utiliza a las víctimas de agresiones sexuales para otros fines políticos". La normativa citada no comporta ninguna obligación cuyo contenido no esté ya recogido y desarrollado en nuestra legislación. Se solapan varios artículos con leyes ya existentes... cuyo proceder, que atenta contra el principio de igualdad o presunción de inocencia, rompen los principios de seguridad jurídica, reorientan el régimen de valoración de la prueba y van contra el principio de *in dubio pro reo*... La lucha contra todo tipo de violencia no se realiza vulnerando derechos constitucionales..., criminalizando a todos los hombres y victimizando a todas las mujeres que pueden declararse víctimas sin garantías ni cautela alguna, convirtiendo la nuestra en una sociedad irrespirable.

»Yo insisto en lo que te he dicho. Defiendo a las mujeres, defiendo a los hombres, defiendo la ley y defiendo que se condene a todo el que actúa mal, pero garantizando que el mal hecho queda plenamente demostrado, no condenando *a priori* ni desvirtuando lo que llaman los abogados "la carga de la prueba". Si tú me acusas a mí de algo, yo soy inocente de entrada, y para condenarme tienen que probar que yo soy culpable. Yo no tengo que probar que no te he robado, que no te he lesionado y que no te he violado. Tú tienes que probar que yo lo he hecho, lo contrario es cargarse la seguridad jurídica mínima imprescindible en cualquier sociedad. Y, en caso de duda (como ha pasado en lo que has contado de la niña de Valencia), a favor del reo, que también es un principio universalmente admitido.

—Cariño, es que yo estoy llena de dudas y estoy hecha un auténtico lío. No me quiero inclinar de antemano en favor de Itziar porque es mi amiga y la quiero, y no por eso me voy a poner de su lado y a pronunciarme, sin más, a favor de su marido, pero si a mí me acosa un tío, ni trabajo ni gaitas. Yo lo denuncio porque, después de la denuncia y de demostrar lo que está pasando, a mí no me echa de allí nadie, y si me quieren echar, me tienen que soltar una pasta, seguramente. Tú no puedes callarte, irte de marcha, confundir fechas y decir que el regalo fue un año o el año posterior, o sea, hacerte un lío con lo que ocurrió, porque no te aclaras ni en el año en que están ocurriendo los hechos que cuentas. Tú no puedes omitir tu paseo, solita hasta el pub motero, a la luz de la luna. Tú no puedes escudarte en que él se prevalía de su condición de marido de tu directora y denunciar todo eso quince meses después, incluso después de haber ido unos meses antes al Servicio de la Mujer, sin ningún tipo de pruebas de la violación que, según tú misma cuentas, se produjo en un sitio en el que es imposible una penetración porque no cabéis. Eso me subleva y me obliga a defender que el hecho de ser mujer no puede significar jugar con ventaja.

»Le he dicho a Itziar repetidamente que este caso, como estrategia primera, tuvo que ser defendido por una mujer. Una mujer con espolones y con el colmillo retorcido, una abogada con mala leche y lista, y no un hombre. Una mujer puede ser mucho más incisiva en sus preguntas y aclarar, o intentarlo, todo este revoltillo lioso que no está claro ni por asomo, y hay un juez en ese lío tremendo que se pronuncia con una gran sabiduría y moderación, pero... está en minoría.

»Una mujer, una abogada, puede hacer preguntas más afiladas que, si las hace un hombre, lo llevan directamente al paredón. Que si machista, que si atenta contra la intimidad, que si es una pregunta improcedente y revive el sufrimiento y otras zarandajas que, en definitiva y por cogérsela con papel de fumar, producen indefensión en el que va a ir condenado a la cárcel, como es el caso, y este ya ha ido y está dentro.

XVIII

—¡Mi vida! —exclamo colgándome de su cuello, festiva y provocadora—. ¡Es que tengo que quererte porque eres capaz de decir lo que yo siempre tengo en la punta de la lengua! No te creas que acaba ahí la película.

»Alberto, en el juicio, reconoce con claridad "haber hecho el amor" con Chus en el interior del coche, pero lo hace de una manera más realista y creíble, después de unas maniobras primeras que continúan, las que habían llevado a cabo en el Indian.

»No voy a pasarme en las descripciones porque tampoco hay que ser demasiado rijosa ni explícita, ni se trata aquí de ponerse demasiado erótica. No parece demasiado romántica la escena, aunque, después de todo lo que me ha contado Itziar, la agresión no termino de creérmela o no me la creo directamente.

»Ella sale del asiento del conductor, da la vuelta y se sube sobre él en el asiento del copiloto. ¡Eso sí se puede hacer, pero con ella sentada donde el conductor, no! Lo diga quien lo diga eso es absolutamente imposible.

»La versión de Chus es bien distinta, aunque insisto en la imposibilidad de penetración con ella sentada en el asiento del conductor y donde, si ya es muy difícil de por sí, con un mínimo giro o movimiento de piernas, es imposible—. ¡Ojo, que yo no estoy pidiendo una resistencia heroica!

»Él le coge las piernas, se las aparta, le quita las medias..., y no sigo porque no quiero ser escatológica y quiero parecerme mucho más a Flaubert que a Bukowski. Ella estaba muy asustada y le dijo: "¿Qué has hecho?, ¡me has follado!", y él, riéndose, le contestó: "No te preocupes, no te vas a quedar embarazada, mi mujer y yo hemos tenido que hacer cositas para tener hijos".

»Otra cuestión importantísima, fundamental, y que a mi entender tampoco han tenido en cuenta en los juzgados (otra vez el detalle sin importancia de la inconcreción y los relatos con pobreza al contarlos): ella afirma en su ampliación de declaración lo siguiente: "Recuerda que se quedó sin poder reaccionar, se volvió a sentar en su asiento, apoyada en el volante".

—¡Hostias! —El grito de Jorge, su exclamación imposible de reprimir, creo que se ha oído en toda la calle—. ¿Cómo que se volvió a sentar en su asiento? ¿No quedamos en que no se había movido de allí en todo el rato y fue agredida sexualmente sentada en el asiento del conductor, tras quitarle las medias y las bragas y abrirle las piernas? Si se volvió a sentar, es que antes se había levantado, se había movido y se había ido. ¿Y de eso no se han dado cuenta los jueces ni los abogados?

—Espera, que hay más. Ella sigue, en su ampliación, afirmando que «en ese momento, sonó el móvil de Alberto y era su mujer, y le tapó la boca mientras le contestaba, le decía que era tarde y que se fuera a casa, y ella solo pensaba que se la había follado sin querer ella».

»Es muy fuerte, pienso yo, que si un tío me fuerza a mí en contra de mi voluntad, le doy en la cabeza con lo primero que tenga a mano, pero claro, vuelvo a insistir en la incongruencia y la vaguedad de todo lo que dice. El sitio es imposible para poder penetrar, y luego, si ella misma habla de volver al asiento, como dice claramente, es que estaba fuera de él, por lo que la penetración hubo de tener lugar de otra forma, digamos... menos forzada.

Son demasiadas las dudas que se suscitan, y ya hemos hablado mucho de a quién corresponde probar aquello de lo que está acusando.

»En ese momento, entiendo que puedas tener miedo y no reacciones mientras tienes al tío en el coche, pero tan pronto este sale del vehículo, en ese momento es cuando hay que ir al hospital, que ellos ya se encargarán de llamar a la Policía. Y no me vale el nerviosismo, ni llorar, ni el temor a perder el trabajo, aunque el tío sea el marido de tu jefa. ¿Qué es lo más importante? ¿Que has sido violada? Pues eso es lo primero a lo que hay que hacer frente. ¡Como si el violador fuera el ministro de la Guerra! Lo primero es lo importante, y lo demás viene después. Es como si te estás muriendo de cáncer de pulmón y te preocupa tener arrugas en el pijama. Es de imbéciles, creo yo.

—Míriam, vamos a ver, deja ya este asunto porque además de volverte policía y abogada y detective privado, vas a terminar cazando moscas. Itziar está fastidiada hasta la coronilla y tú te estás sumando a su fastidio, y eso te está afectando a ti también.

—Es que, Jorge, no puedo con las injusticias, y aún menos con que me quieran hacer pasar por imbécil, que yo conozco perfectamente el paño de ese colegio. Mira, muchacha, si tú has intentado tener un rollo con alguien de quien creías que tiene poder en el colegio para prolongar tu contrato de trabajo y te ha salido rana (que es la teoría de Itziar con la que yo coincido plenamente), y te aguantas más de un año hasta ver por dónde sale el sol, pues ahora que te han despedido, te aguantas y bailas.

»Ayer tuve una buena con Itziar, porque tampoco sabía exactamente cuándo comenzaron los coqueteos y el tonteo entre Alberto y Chus, que, según ellas, cuando Chus le dijo a Alberto que se diera una vuelta, es cuando comenzó el acoso a Alicia. Ella no deja claro en sus declaraciones ante la Policía ni en el juzgado si empezó en mayo del 2010 o fue más tarde. La teoría de Itziar es que no hubo ningún tonteo, y que el primer contacto fue el día de la comida de Navidad; yo no lo creo y se lo he dejado claro a mi amiga y jefa.

»Eso echa por tierra nuestra recriminación y todas las veces que las hemos llamado gilipollas preguntándonos: "¿Una tía acosada y con un tío que es un pelmazo y un plomo y que te causa repulsión porque te acosa, se va de copas y de marcha? Creo que el ligoteo o el acoso o llámalo como quieras, empezó antes".

—Si yo hubiera sido el abogado del negro, cariño, lo primero que habría preguntado (aunque estoy de acuerdo contigo en que esto lo tendría que haber defendido una mujer) es cuánta gente, después de la comida, siguió de fiesta en el pub Objetivo, y a esa gente, una por una, les habría preguntado hasta cansarme, pero claro, eso o no se hizo o tú no me lo has contado.

»¿Cuántos estabais allí? ¿Cuántos estuvisteis desde el primer momento y quién llegó después? ¿Cuál era la postura y la actitud de Chus y de Alicia con el resto de las personas que allí había? ¿Cuántas copas tomaron, o las dejaban enteras? ¿Cómo se comportaban, frescas y lozanas, o tambaleantes y cogorzas? ¿Quiénes se quedaron hasta el final y cómo se fueron yendo?

»Esas son circunstancias que tienen que quedar muy claras, y para eso están los juicios, para aclararlo todo minuciosamente, porque de un detalle, que tú puedes pensar que es nimio, depende que condenen a un tío o lo absuelvan, y no se puede ir en un juicio de pasota, ni de descuidado, ni de burócrata desentendido, ni como elefante en una cacharrería, ni como si no te fuera nada en ello, porque te juegas la libertad y no vamos a hacer otra vez alusión a Don Quijote y Sancho.

—Que sí, cariño que sí, que te entiendo perfectamente y me encanta que tú también me entiendas a mí. La pobre Itziar (y voy a dejar ya de referirme así a ella, aunque me da cierta pena que ande el día entero maquinando cómo ayudar a su marido, que no se lo merece) me ha dicho que Chus habló que tenía que visitar al médico después de la comida, y de verdad, le ha llegado el rumor de que fue a depilarse. Claro que una puede ir a depilarse cuando le salga del alma, y también le han contado que estuvo todo el tiempo en el pub Objetivo con Alberto y el jefe de estudios diciéndoles lo que le gustaba el colegio, lo a gusto que trabajaba, las ganas que tenía de que le renovaran el contrato y otras súplicas similares, porque ella sabía bien que los hijos de la propia directora, el del jefe de estudios y el de la secretaria, que eran los que cuidaba, ya no necesitarían de sus servicios en el curso siguiente, y lo más normal es que se fuera a la calle. Eso, dice Itziar, fue una encerrona perfectamente preparada.

»Yo me hago cruces y me resulta imposible entender que, después de que un tío te viola, lo llevas a su casa en tu coche, pacíficamente, y lo dejas en su puerta en silencio para que su mujer lo reciba, después de la fiesta del colegio y sin enterarse. ¡Milongas de cochero!

»A ver, vamos a ser buenos, eso puedo entenderlo si lo atribuyes al posible pánico o a que pienses que te puede hacer objeto de una agresión más grave, pero que tú dejes al tío en su puerta, con su mujer en casa, y no se la líes allí mismo, y te pongas a llorar y no vayas al hospital para que desde allí llamen a la Policía, y se lo cuentes a una amiga, y cuando la jueza te pregunta por qué no fuiste a la Policía, no contestes y no pase nada, es que me subleva tanta incoherencia y tanta dejadez.

»Como prueba de la violación también habla de que se lo dijo a un amigo, pero no especifica quién, ni cuándo, ni nombre, ni nada.

—Esto es imposible, Míriam. ¿Dice que se lo dijo a una amiga y a un amigo, y no dices quiénes eran ni nadie se lo pregunta? ¡Hay que preguntárselo y hay que citarlo, a ver cómo lo contó y cómo estaba! ¿Cómo es posible ese pasotismo cuando un hombre se está jugando diez años de cárcel? ¿Y ni el abogado ni el juez o la jueza o quien fuera no repreguntaron? Yo alucino.

—Pues no, cariño, Itziar me ha enseñado esta mañana el papel que ella tiene de esa declaración, que lo tendrá por el abogado, digo yo, porque tampoco se lo he preguntado, y no concreta nada de nada. Ni amigo, ni amiga, ni nada. Fíjate que dice al principio lo del regalo de Cuba, y tampoco es cierto, que el regalo se lo dio Itziar, lo mismo que a todas las trabajadoras del colegio, y fueron unos pendientes. Se los dio Itziar y no Alberto, ¡joder! A menos que ella le diera un regalo y Alberto otro, sin que la mujer lo supiera, que yo de ese caradura de Alberto me espero ya todo. Es una barrabasada detrás de otra, y una señal de incompetencia tras otra. Ella insiste en que Alberto le dio otro regalo, además del de la directora, y eso hay que probarlo y pedírselo y que lo traiga al juzgado, y no darlo por bueno creyéndolo sin más cuando se está jugando algo tan importante como son diez años de cárcel. No puedo con la incompetencia.

»En el colmo, y como prueba, dice que su amiga la peluquera (ya especifica más y luego hablaremos de esta) le dijo que se tomara la píldora del día después y la compró en una farmacia cerca de casa. ¿Y eso es prueba de algo? Puedes haber tenido una relación con diez millones de personas distintas, no necesariamente con el cubano.

»Ella pensaba que se iba a olvidar, cuenta en su ampliación. O sea, una violación se olvida así, de un día para otro, de la noche a la mañana. ¿Me lo tengo que creer? Y afirma (estamos en marzo del 2012, quince meses después de la violación que no me creo) que no ha sido despedida, que está de baja desde unos días antes de presentar la denuncia en comisaría (yo estoy convencida de que todo esto lo ha urdido con un asesoramiento importante y meditado), y ante la pregunta lógica de por qué viene a denunciar tanto tiempo después, que es la primera y esencial cuestión que habría que haberle hecho desde el principio, salta la contestación casi obligada y estudiada: "Yo ya me sentía apoyada por Alicia, ya no me sentía sola". Habría que hacer un estudio de cuántas mujeres solas y desamparadas y vulnerables denuncian violaciones reales y no en el propio coche, conduciendo tú hasta un lugar apartado, después de haber estado de copas en dos pubs y sentada en tu asiento del conductor en el que no cabe de ninguna forma el otro participante en la relación, mucho menos si es forzada, y volviendo luego al asiento como no has aclarado ni te ha preguntado nadie.

»La declaración de Alicia no aporta nada de nada. Habla de dos personas que conocían los hechos de acoso, pero esas personas no ratifican ni dan fe de nada. Y alude, como la anterior, al miedo a ser despedida para no denunciar en su momento. Miedo que desapareció como por ensalmo el mismo día del despido, a la vez que da a entender que comprende haber sido despedida.

»¡Menudo asesoramiento recibieron las dos de ese Servicio de la Mujer! Para ese trabajo no hace falta ser especialista en nada, esos consejos se los puede dar la portera de mi casa o el señor que me limpia el pescado en el mercado.

»Esgrime, sobre todo Chus, algún certificado médico, que expide el doctor a petición de ella, en el que se habla de ansiedad, depresión y medicamentos, pero por más que le he insistido a Itziar, en ninguna línea, en ninguna frase, en ninguna palabra del médico se cita a la agresión sexual como causa de ningún desajuste.

XIX

—Hola, querida Míriam, buenos días.

—Dichosos los ojos, Itziar. Ayer no te vi el pelo por aquí. Ya me empezaba a preocupar.

—Hoy estoy un poco más contenta —contesta de inmediato, con una sonrisa de oreja a oreja que me asombra, acostumbrada como estoy a su cara de tristeza y de pésame continuo—. Ayer fui a la cárcel otra vez a ver a Alberto. Hasta ahora, como dicen en el lenguaje carcelero, solo lo había visto «por cristales». Aún no he querido o no he tenido fuerzas para que vayan los niños. No sé cómo van a reaccionar después de ver a su padre en esa situación.

»¡Dios mío! Lo que me cuesta hablar del 3 de junio. ¿Qué le pasa a ese número conmigo? El 3 del 3 ingresó Alberto (así lo llaman en el lenguaje penitenciario) en el Centro Penitenciario de Campos del Río.

»El maldito coronavirus ha hecho que solo nos veamos durante más de un año, con barreras de por medio, como quien va a ver a los animales más peligrosos de un zoo. Por fin, después de quince meses larguísimos sin contacto físico, el 3 de junio nos conceden el primer vis a vis íntimo.

»Lo único que hemos unido en estos meses infinitos, que no pasaban nunca, con el tiempo detenido, ha sido el reflejo de nuestras lágrimas, como si de un espejo se tratara y las palmas de nuestras manos a través del frío cristal...

»Voy sola y sin dar muchas explicaciones al resto del mundo. Nunca me ha gustado hablar de mi intimidad, al menos nunca hablar de los hombres que me han importado de verdad. Otra cosa son las risas que con unas copas de más nos hacemos entre las amigas, aunque nunca hablamos de nuestros maridos…, es como una norma no escrita.

»Intento, me lo he trabajado a fondo, ir con pocas expectativas y dispuesta a dejarme llevar por las emociones. Voy nerviosa porque no me abandona, por dentro, el toque sórdido de entrar a una prisión a acostarme con un hombre, aunque él sea mi marido y lo siga siendo después de tantos avatares, cada uno más doloroso que el anterior. Solo me he preocupado de ponerme el perfume de Ángel. Es el que llevaba cuando conocí a Alberto.

»Sueño en mi viaje, despierta, con los ojos bien abiertos porque el tráfico hasta pasar Murcia es infernal, con los reencuentros que hace más de veinte años vivíamos en La Habana. Como cuando, después de un trimestre sin parar de trabajar, podía encontrarme con él y comprobar que, a pesar de la distancia entre continentes y husos horarios, en la cama seguíamos siendo los mismos.

»Llego al desierto de Campos del Río, tan distinto de la exuberante Cuba (utilizo muy poco la palabra "cárcel"), me bajo de mi "vuelo" y sigo con mi símil aeronáutico, que es una manera de eludir la prisión por medio de la imaginación. Paso el primer control (pasaportes, comprobación de visados, revisión de maletas) y tengo que cerrar los ojos y abrocharme la cazadora que llevo porque aún me separan muchas sensaciones para intentar engañar a mi cerebro haciéndole pensar que llego a El Vedado. Aquí no hay casas coloniales, ni Malecón, ni mar Atlántico, y el frío carcelario se mete en el alma.

»Me cachea una mujer y me manda quitarme anillos, pulsera, reloj y pendientes..., todo lo que sea metálico. Y pienso: "No pasa nada..., aquí en inmigración siempre ponen muchas pegas para todo...".

»Cada vez me queda menos para ver el mar, con sus palmeras llenas de cocos, sus pájaros exóticos y su sol brillante, y, tras abrirse la última de las puertas correderas, llego al inmenso patio que luce a mi izquierda un muro que pretende evocar una playa paradisíaca.

»Atravieso el patio con rapidez, a la vez que tantas y tantas mujeres, niños y hombres que van a mi lado con el mismo fin que yo. Trato de no mirarlos a los ojos, pero es inevitable pensar: ¿qué hacen aquí? ¿Por qué la vida los ha traído a este resort? ¿Cuál ha sido el problema en el que se han metido y que les ha desbordado para acabar en este descanso?

»Es un grandísimo hotel con capacidad para unas mil quinientas personas coronado por una gran torre a la que he bautizado con el nombre de Gran Casino Amusc Resort, está repleto de pequeños apartahoteles, todos con literas y baño compartido. ¿Cuál me asignarán? Dentro de poco lo sabré...

»Solo me separa, para que me den mi habitación, una larga escalera hacia el cielo: en la planta baja está la recepción con los locutorios de comunicaciones, en la primera planta, en un metacrilato aburrido anunciando «Comunicaciones Familiares», y en el piso superior es donde reparten las *junior suites*...

»Hoy los que seguimos subiendo hasta el cielo somos dos hombres y dos mujeres (los cuatro venimos a comunicar solo con hombres), procuramos no mirarnos a los ojos, se nota que no tenemos ganas de hablar, solo queremos que nos adjudiquen la llave de nuestra habitación y, por fin, el hotelero, con casi media hora de retraso, dice el nombre completo de Alberto y me toca la habitación 16.

»El botones de este hotel me abre mi habitación y, sin esperar propina, cierra velozmente el cerrojo con llave desde fuera. ¿Por qué me encierra a mí? ¿Qué tengo que hacer y a quién gritar si necesito salir?

»En menos de tres segundos recorro con la mirada la *suite* 16 y me doy cuenta de que no recomendaría a casi nadie venir a hospedarse aquí... Le faltan muchas comodidades: no dispone de armario, ni televisión, ni minibar, ni geles, ni chocolatinas, ni cesta de frutas de cortesía. El *pack* de bienvenida consta de un colchón de ciento treinta y cinco centímetros tapado con una colcha vulgar y fea, una silla de plástico con sábana personalizada «Centro Penitenciario Campos del Río», toalla también personalizada, mesilla de noche destartalada, fluorescente, timbre para llamada solo en caso de emergencia y cortina verde.

»Me intento olvidar de lo que me rodea y abro la cortina que está descolgada de un lateral, buscando al menos unas buenas vistas, pero las concertinas me traen de vuelta inmediatamente a la realidad.

»Sigo sin quitarme la cazadora y espero de pie la llegada de Alberto como si me hubiera petrificado. Llevo más de quince minutos, aunque me han hecho dejar el reloj, esperando que entre Alberto, y de repente oigo su voz en el pasillo agradeciendo a un tal "Don lo que sea", sin más, que le abra la puerta.

»Nos abrazamos sin parar de llorar, sin poder hablarnos, sin poder separarnos. Ahí es cuando el mundo se para. Entre "te quieros", besos y lágrimas nos desnudamos y, tapándonos con mi cazadora, acabamos haciendo el amor. Ojos cerrados, alejados del mundo, y solo el olor de nuestro perfume favorito.

»Golpean con una llave la puerta de hierro y se oye una voz repetir una y otra vez: "Fin de la comunicación, fin de la comunicación...".

»Desde que Alberto nació, vivió el desabastecimiento de los recursos: la leche, los huevos, el pollo, la pastilla de jabón, la pasta de dientes..., todo se reparte mediante la libreta de racionamiento. Todos sabemos que eso es así en la Isla Bella... Un desastre inacabable. Él, conmigo, había encontrado el paraíso aquí.

»La justicia feminista, con el *lobby* siempre encima, de nuestro bendito país ya le ha dado su merecido al negro cubano. Querido Alberto, ya te he perdonado tu golfería, tu ser expansivo y simpático, el ser tirador de tejos natural y caribeño, pero no un violador. Sé que solo me quieres a mí, pero aquí, en el paraíso del primer mundo, en la madre patria, te vamos a racionar también el sexo: a partir de ahora, una vez al mes durante una hora y media.

»¿Qué pinga te creías, eh? ¿Pensabas que en España atan los perros con longanizas?

»Todo esto lo he trabajado con mi psicóloga, ¡como si yo fuera profana en esa materia!: me pongo gafas de sol, me relajo rememorando sensaciones y estímulos. Pienso en la gente que entra igual que yo, dos hombres homosexuales que van a comunicar con otros hombres, y dos mujeres. Siento la inundación de mi privacidad (y de la suya), porque todos sabemos a lo que vamos allí. Incluso pienso y trabajo en mi interior que no quiero que, cada vez que tenga que pasar por esto, me invada idéntico dolor.

»Querida Míriam, estuve en el cielo durante el vis a vis, me olvidé de todo, dedicada exclusivamente a sentir y disfrutar, pero el trago, antes y después, fue demasiado amargo: el viaje, los nervios, la cárcel, el ambiente que no invitaba para nada al mínimo romanticismo sino a todo lo contrario, la perspectiva de que quedan años y años antes de que lo pueda ver en la calle, la situación embarazosa de una habitación impersonal y hasta sórdida... Todo eso me hizo imaginar un hotel, mi habitación de hotel, en la que pasaríamos un fin de semana de ensueño..., pero todo se va al garete cuando te dicen que saques todo lo que llevas, que enseñes el bolso, cuando te pasan la raqueta detectora de metales y cuando dan el portazo cerrando la puerta por fuera. Más aún cuando, golpeando con una llave u otro objeto metálico, dicen a voces: "Fin de la comunicación, estén preparados, que vamos a abrir".

»¿Sabes cuál fue mi sentimiento en ese momento? Odio, un odio profundo y visceral hacia las chicas causantes de esa tragedia. Nunca lo había sentido hasta ese momento en relación con nadie, pero ahí, sí.

»Como una imbécil, durante los ciento y pico kilómetros de vuelta, vine cantando sola en el coche la canción de Fito y Fitipaldis, «Soldadito marinero». No sabía por qué se me había metido en la cabeza sin ser capaz de sacarla, pero creo que era por ellas: «*Él también quiso ser niño, pero le pilló la guerra, conociste a una sirena de esas que dicen te quiero si ven la cartera llena... sin saber cómo ha venido te ha cogido la tormenta... La verdad no fue difícil cuando conoció a Mariela, que tenía los ojos verdes y un negocio entre las piernas. Hay que ver qué puntería, no te arrimas a una buena*».

»¡Cuánta razón tiene Fito! Sin saber cómo ha venido, te ha cogido la tormenta. Después de un invierno malo y una mala primavera, dime por qué estás buscando una lágrima en la arena. Un negocio entre las piernas me retumba con fuerza en la cabeza. Si no hubiera habido despido, no habría habido caso penal, ni juicio, ni condena ni cárcel en medio del desierto.

»¿Sabes qué sentimiento he tenido al salir del vis a vis en aquel secarral murciano en relación con estas dos chicas? Odio, querida Míriam. Por primera vez en mi vida he sentido odio.

»Como afirmó el consultor político estadounidense James Carville en la campaña a la presidencia de Bill Clinton contra Bush padre, frase que se hizo célebre y que dio la victoria a Clinton frente al anciano Bush: "¡Es la economía, estúpido! ¡Detrás de cuántos pleitos y cuántos conflictos está el dinero... de casi todos! Es la economía, estúpido".

XX

—Me resulta imposible dormir, Míriam. Cada noche es un nuevo suplicio, dándole vueltas y más vueltas a la cabeza, mientras busco alguna idea brillante y definitiva que me haga salir de este atolladero kafkiano. A mí y a Alberto, evidentemente, que esto es un *pack* indisoluble. Ya sé, me lo dijo aquel señor con el que hablé hace tiempo, que había sido director de no sé qué cárcel, que como primer paso para cualquier evolución positiva en toda esa monserga penitenciaria (las progresiones de grado, los permisos, los regímenes abiertos, etcétera), lo primero que tiene que hacer Alberto, la condición imprescindible sin la cual no hay cáscaras, es asumir el delito.

»Tienes que decir: "Soy un violador, efectivamente, lo reconozco, estoy bien y justamente condenado y pido perdón por ello". Y a partir de ahí ya va lo demás.

»¿Cómo voy a pedir perdón por violar si no he violado? ¿Si la chica, en su declaración, dijo que la forcé en el asiento del conductor en el que ella estaba sentada y luego dijo que después volvió a su asiento? ¿Adónde había ido para volver después? ¿Cómo se puede violar en un lugar en el que no caben las dos personas imprescindibles para que ese delito tenga lugar? ¡Coño, no caben!

»Pues si no reconoces que eres lo que no eres, no hay solución al problema. Ahí te pudres por los siglos de los siglos. Por eso no duermo.

»¿Perjudicaré a Alberto con mi empeño en defenderlo?

»En las noches en vela, insoportables, eternas, una de las actividades por la que me ha dado es leer a los clásicos. Aunque la idea, obsesiva, lo sé, es siempre la misma, encontrar un pensamiento brillante, una frase única que me aporte una solución a este viacrucis, a este calvario en el que me he instalado.

»Míriam... ¿Tú conoces la *Antígona* de Sófocles? Este hombre era un autor teatral griego del cuatrocientos y pico antes de Cristo. Antígona, hija de Edipo, uno de los principales personajes creados por él, fue una mujer capaz de enfrentarse al poder de los hombres. Es una mujer valiente: "No temo la voluntad de ningún hombre, no tengo que temer que los dioses me castiguen por haber infringido sus órdenes". Así me gusta a mí ser.

»"Muchas cosas formidables existen y, entre todas, nada más formidable que el ser humano. Los dioses han hecho engendrar la razón en los hombres como el mayor de todos los bienes que existen. El no razonar es el mayor perjuicio. La prudencia es el bien más sobresaliente que existe. Al futuro, al pasado y al porvenir alcanza la misma ley: no hay absolutamente un solo instante que llegue sin algún desastre para la vida de los humanos."[9]

»Esto escribió Sófocles y esto me coge a mí de lleno, desde la A hasta la Z. Tengo el desastre instalado en mi vida y no puedo deshacerme de él, pero tengo la razón, como mayor bien que poseo, para descifrar cada hecho, cada manipulación, cada egoísmo y cada inutilidad que me ha generado el desastre y luchar contra ellos. Lo tengo así de claro y no temo ninguna consecuencia que me pueda venir a causa de mi lucha. No a los dioses, como en el siglo v antes de Cristo, que hoy los dioses importan

9. *Locos por los clásicos*, Emilio del Río, págs. 77 y ss, ed. Espasa.

muy poco, pero no temo las consecuencias que los hombres y sus componendas puedan buscarme.

—Itziar, no puedo decir nada salvo que los tienes bien puestos. ¿Qué quieres que te diga que no te haya dicho ya? Te he dicho que dejes tu lucha y te dediques a tus hijos, que son quienes te necesitan. Te he dicho que olvides a Alberto porque, aunque no sea violador, ha sido un infiel de libro y no merece el sufrimiento, la dedicación y el amor que le estás dando. Te he dicho que intentes rehacer tu vida, porque él no está y tiene una larga campaña de cárcel por delante. Tú has de pensar en ti y en tus hijos y ya está, pero... no pareces dispuesta a hacerme caso y yo, que soy tu amiga, voy a estar a tu lado a las duras y a las maduras.

—Fíjate, Míriam, anoche, en mi insomnio, en lugar de dar vueltas en la cama, volví a revisar por mil y cien veces los papeles que tengo de las denuncias, las declaraciones y los juicios. Por si encontraba otra perla similar a la de "luego volví a mi asiento" contradiciendo su afirmación anterior de que no se había movido de allí.

»Estas chicas fueron despedidas exclusivamente por su mal rendimiento en el trabajo, porque sus superiores directos se quejaban, porque nadie las aguantaba y porque se había terminado el motivo (el cuidado de los niños) para el que estaban trabajando. No hubo ninguna otra causa porque yo no sabía nada de la relación, mejor dicho, del polvo, que había tenido con Alberto, que para mí no fue una relación, solo una noche de desmadre y de búsqueda interesada por ellas.

»Chus, al saberse despedida, que aún no lo había sido porque estaba de baja, me dice claramente en mi despacho: "Vengo a ver si podemos arreglar esto porque yo necesito dinero, mi hija necesita dinero y yo no puedo quedarme en el paro". Me dejó bien clara la motivación que la empujaba, me dijo que no estaba de acuerdo con el despido, que me quería mucho pero que por encima de todo estaba el dinero de su hija, y que ya me enteraría por la prensa del daño que nos iban a hacer. Yo la vi realmente enfada: "Vete por esa puerta porque yo no tengo nada que arreglar contigo". "Cuando salga de aquí me voy a denunciar", me dijo bien alto y claro. "Ya estás tardando. ¡Sal de aquí!", le contesté realmente cabreada.

»Y ahí empezó el gran lío en el que ando metida. Ahora, en el colegio, la noticia ya no existe, pero entonces algunos padres y madres cambiaron a sus hijos a otros centros al conocer el asunto. A dos, incluso, los invitamos nosotros a que se fueran, porque en los grupos de WhatsApp (¡qué peligro tienen esos grupos en todas las instituciones!) insultaban, intrigaban y rajaban como no te puedes imaginar. Tú conoces de sobra todo eso porque estás ahí.

»Y así estamos ahora, con Alberto en la cárcel y yo visitándolo y soportando esas visitas y su condena, yendo al psicólogo todas las semanas, que a mí también se me podría aplicar la máxima socrática de "médico cúrate a ti mismo".

»El mismo día que salió de mi despacho, avisando de que se iba a denunciar, por la tarde llamó a todas las compañeras para que la apoyaran en su denuncia y dijeran que a ellas les había pasado lo mismo y anunciando que nos hundirían en la prensa. Todas les dieron la espalda.

»Para ver claramente eso solo hay que mirar las declaraciones que tuvieron lugar en el juzgado y en el juicio. Nadie apoyó sus denuncias. ¿Para qué te voy a decir los nombres y los puestos de trabajo de los declarantes si los conoces de sobra?

»Del juzgado los llamaron a todos, y todos fueron a declarar prácticamente lo mismo: "No veía nada fuera de lo normal en la relación entre estos dos trabajadores, ni presenció, ni sufrió evidentemente, jamás tocamientos o insinuaciones obscenas por parte de Alberto. Tampoco los veía juntos muchas veces". Unas cuantas afirmaron que "Chus me llamó por teléfono y me dijo lo que pasaba, tampoco sé si antes o después de poner la denuncia. Me llamó diciendo que iba a denunciar por acoso sexual, pero no dijo nada de violación". Otra trabajadora afirmó que también la llamó Alicia y le dijo más o menos lo mismo y ella les respondió a ambas que a ella no le había pasado nada de eso y que no iba a entrar en ese asunto ni a testificar por ellas.

»Otra mujer, trabajadora del centro, también hizo alusión a que Chus tenía problemas personales desde antes de entrar a trabajar, y que su actitud siempre era de víctima. Todas sus superiores inmediatas hablaron de su deficiente adaptación en el trabajo y de que planteaban problemas continuamente, situación que fue a peor.

»Más o menos todas las declaraciones en el juzgado fueron iguales y en todas hicieron hincapié en que no tenían relación de amistad ni de enemistad ni con Alberto, ni con Chus ni con Alicia, y todos también reconocieron su amenaza de que nos enteraríamos por la prensa.

»Es sumamente curioso, como curiosa es la denuncia primera ante la Policía, que hasta la trabajadora del Servicio de la Mujer (y vuelvo a insistirte, Míriam, con todos los respetos, en que este es un servicio muy politizado y poco imparcial) declara con toda contundencia que le cuentan un problema de estrés y de agobio en su centro laboral, y que ella les advirtió de que ninguna compañera las iba a apoyar por conservar su puesto de trabajo. ¡Menuda consejera! Ya lo he dicho más veces.

Si tú denuncias un acoso, desde el primer momento a ti no te echa del trabajo nadie.

»¡Y pásmate, Míriam! ¡Tampoco a la señora que la atiende en ese servicio le dice nada de la violación! Míriam, ¿es que una violación es un asunto del que uno puede olvidarse, como se olvida uno un paraguas en la consulta del dentista?

—Itziar, tienes toda la razón. Si a mí me hubiesen violado lo tendría grabado a fuego en cada pliegue de mi cerebro como una cicatriz, un costurón indeleble. ¡Vamos! No me olvido de eso en toda la vida que me quede por vivir. No es explicable que un asunto tan grave como que te penetren en contra de tu voluntad no lo digas en la primera denuncia, no lo digas en tu visita prospectiva al Servicio de la Mujer y lo amplíes tres meses después empezando por la frase famosa: "Esa noche pasó otra cosa con este señor", que creo que fue así como lo dijo.

»Si me lo permites, porque este tiene mucha carrera y es muy listo y todo lo que me comenta está lleno de sentido común, se lo contaré a Jorge, a ver cuál es su opinión.

XXI

Le he contado a Itziar, entera, sin omitir ni una coma, la conversación de ayer con Jorge, que me pareció sustanciosa y muy brillante por su parte. Le he contado su reacción al saber que habían denegado una prueba sobre mensajes de teléfono, porque podía ofender o vulnerar, o machacar o no sé qué leches, la intimidad de la denunciante. Luego, Itziar me explica:

—Aunque no tengo ni idea de derecho, ni falta que me hace, me jode infinitamente que se trate de manera distinta a una mujer por ser mujer y a un hombre por ser hombre. Somos iguales independientemente de nuestro sexo y eso no se está respetando aquí y ahora. La ley se está cargando principios jurídicos que, desde la Revolución Francesa, han sido intocables salvo en dictaduras bananeras, dictaduras islámicas o inquisitoriales, monarquías antiguas interesadas y teocráticas, y regímenes militaroides que se han pasado siempre el derecho por la entrepierna, o más aun, que no han tenido ni repajolera idea de qué es eso de la seguridad jurídica y los principios de legalidad.

»Estas chicas (yo lo veo lógico porque cada uno intenta arrimar el ascua a su sardina en cualquier procedimiento y es normal que uno busque argumentos para ganar hasta debajo de las piedras), estas chicas, digo, argumentaron problemas médicos, de nerviosismo, de mal humor, de ansiedad, de depresión y de más desarreglos físicos y psíquicos, bastante más Chus (que no quiero ser rijosa ni ponerme escatológica), y todos los han achacado al acoso de Alberto, cuando las dos, y más aún Chus, ya los llevaba arrastrando desde el 2004, antes de venir al colegio, que digo yo que también podré defenderme y exponer lo que sé y aquello de lo que estoy convencida. He visto con el abogado algún certificado médico y alguno psiquiátrico, unidos al procedimiento, donde habla de esas patologías, pero nunca he visto que sean relacionadas por ningún psiquiatra directamente con el acoso a que aluden.

»Cuando hablé de esto con el abogado decidimos, pagándolo yo evidentemente, aportar una médica, doctora en Psiquiatría, para que reconociese a estas dos chicas y emitiera el correspondiente informe.

»¡Chica!, no ha habido forma de que la doctora (no porque sea médica, sino doctora porque ha hecho el doctorado, que todos los médicos se dicen doctores y la mayoría son solo licenciados) las entreviste y emita su informe. Ya sé que en todos los pleitos un escudo de todas las defensas es decir: "Este informe es de parte y, por eso mismo, no me vale, es un informe interesado". Es cierto lo que decía un profesor que conocí en la universidad: "Siempre que leo un informe lo primero que me pregunto es quién lo ha pagado". Para eso están los jueces, que leen los informes para tamizarlos, y, además, no creo que ningún profesional de lo que sea, que cobre por un informe relativo a cualquier ciencia, lo haga falso por el mero hecho de que cobra por él. Por esa regla de tres, cualquier abogado también sería un farsante, de entrada, defendiendo a cualquier cliente autor del delito más horrible.

»Esto, querida Míriam, para que veas dónde queda aquí el derecho a la defensa y por qué estoy yo que echo chispas y me llevan los diablos cada vez que pienso en este asunto.

»Alberto tenía el derecho, o yo así lo creo a pie juntillas, de que un perito independiente y formado (una mujer médica, con un doctorado en Psiquiatría) reconociera a las dos chicas y emitiera un informe con base científica y motivado, para ser aportado al juzgado y ser defendido, sobre los trastornos psíquicos y físicos que puedan sufrir y puedan estar relacionados con la conducta del negro cubano. ¡Vamos, digo yo! Que eso es admisible en cualquier juzgado o corte de justicia del universo, como yo pretendo luchar para que nuestro abogado, ahora, defienda en los foros europeos.

»Pues aquí no. Sus abogados (que estos se movieron bien, y bien que lo han cobrado y le ha tocado a Alberto pagarles al ser condenado) se le tiraron al cuello desde el primer segundo. Los abogados le dicen a la jueza que se oponen a que sean reconocidas por la psiquiatra, afirmando rotundamente que un examen psicológico más de la víctima de una agresión y de abusos sexuales es un plus de aflicción del hecho delictivo que el orden jurídico no permite.

»¡Me cago en la leche mil veces! O sea, que pedir un informe de una perito psiquiatra es maltratar y someter a aflicción a una persona. Pues esos reconocimientos y esos informes se hacen cada día. Y el acusado tiene derecho a defenderse, y si una aporta informes médicos (que yo digo que son patologías que tenía desde antiguo, aunque solo soy psicóloga), el que va a ser condenado, como se va viendo conforme avanza el procedimiento, tiene derecho a un informe contradictorio. Luego ya verá el tribunal qué informe está mejor fundamentado y qué informe es más científico y tiene mayor credibilidad.

»Los abogados de ella hablan con solemnidad de que, conforme a las leyes, todo lo que se haga con la víctima hay que hacerlo con respeto a su situación personal, sus derechos y su dignidad. Mucho hablar de respeto y de dignidad, pero los del acusado, condenado de antemano, me parece, no han sido tenidos en cuenta en absoluto. ¿Afecta al respeto y a la dignidad que una doctora en Psiquiatría te reconozca? ¡Ni que fuera un curandero analfabeto o el chamán milagrero de una tribu de África Central!

»Y afirman que una persona no es un medio de prueba pericial médica ni forma parte de los recursos que la Administración pone en manos de las partes. Es increíble, ni que hubiéramos pedido hacer con ella algún experimento novedoso. Nunca pedimos que la persona fuera medio de prueba, nunca pedimos someterla a ningún experimento como si fuese un conejillo de Indias, pedimos que la persona fuera examinada para ver la coherencia de sus afirmaciones, la verdad de sus patologías y la relación causa-efecto entre ellas y la conducta de Alberto. En definitiva, queríamos probar si son verdad sus patologías y si Alberto es el causante, porque, como hemos dicho tantas veces, se estaba jugando diez años de cárcel.

»Como tantas otras veces, se salieron con la suya. Todos los derechos son de ellas y ninguno del acusado, de Alberto. Ha servido el examen en la clínica forense y la perito nuestra se ha ido de vacío porque el reconocimiento solo se podía llevar a cabo si ellas accedían. Dijeron también los jueces (ya ni me acuerdo cuándo fue porque ya tengo un lío importante en la cabeza con este asunto) que si no se sometía a ese reconocimiento voluntariamente, eso sería tenido en cuenta. Pues ni ha sido tenido en cuenta, ni nadie ha vuelto a hablar de ello, ni leches en conserva.

»Eso se llama (o así lo entiendo yo, que soy, evidentemente, parte interesada) tener la sartén cogida por el mango, porque se basan, como dicen sus abogados y admite el tribunal, en que las víctimas no son objeto de prueba sino sujetos de derechos. Las víctimas son sujeto de derechos y el acusado es la percha de los palos. Eso es cargarse el principio de contradicción: usted dice una cosa, y yo, con argumentos científicos y médicos, me puedo y me debo oponer para defenderme.

»Nadie, Míriam, nadie, al menos yo no, les ha negado a estas chicas que sean sujeto de derechos, pero también tiene derechos el acusado y el principal que tiene es el de defenderse para no acabar en la cárcel como ha terminado.

»Esto sus abogados lo están negando reiteradamente, argumentando que la actividad probatoria en un juicio en el que se juega el acusado diez años de talego, (que no es una banalidad, diez años de libertad es un veinte por ciento de una vida, a poco que te descuides), la actividad probatoria, dicen los abogados de ella, no puede pasar por encima de los derechos de las víctimas ni de su intimidad ni de su dignidad.

»¡Esto es nuevo, algo jamás visto en la actividad de los tribunales en todo el mundo! ¡Un reconocimiento por una doctora en Psiquiatría vulnera la dignidad! Mucho más que una colonoscopia o un examen de próstata o que te metan un catéter por la ingle y lleguen con una cámara hasta el corazón. Dirán con toda su jeta: "Es que eso son pruebas médicas necesarias para la salud y el bienestar de la persona". ¡Claro, el reconocimiento de la psiquiatra es un capricho que se nos ha ocurrido ayer por la tarde para pasar el tiempo porque nos estábamos aburriendo!

»Estamos ante una batalla con armas desiguales, una batalla en la que unas tienen todos los mecanismos y las palancas del Estado a su favor, todas las armas disponibles, y el otro, el paria, el negro, el cubano, un palo y una piedra para defenderse. Lo mismo que David contra Goliat, solo que aquí no se produjo el milagro porque estamos ante la cruda realidad y no ante una leyenda bíblica.

—Querida Itziar, yo no entiendo demasiado de principios de legalidad ni derechos procesales. Yo solo soy una profesora de una asignatura menos apreciada de lo que merece, que pretende cada día trabajar duro para que los alumnos se defiendan en la lengua de Shakespeare, lo cual no es poco. Aquí, sin entrar en honduras jurídicas que desconozco, entiendo que las varas de medir no son igualitarias. Cierto es que Chus y Alicia no están acusadas de nada y, por eso mismo, nada tienen que argumentar en su defensa. Pero también es verdad que, con el cuento de los derechos de la mujer (que los tenemos, que los hemos peleado, que son innegociables y que hay que exigirlos ante todos y siempre, que yo soy una mujer y no una extraterrestre), argumentando derechos de la mujer en general, no se puede pasar por encima de un acusado por muy estigmatizado que esté. No se puede, como ya habéis dicho tú y Jorge, el mío, cargarse la presunción de inocencia y darlo por culpable desde el minuto cero.

—No te lo pierdas, Míriam. Todo lo que dices, lo mismo que lo que he dicho yo, es más verdad que el Evangelio, pero es que aún hay más. Las sorpresas no terminan ni en las pruebas no presentadas de los teléfonos, para demostrar que no llamó jamás a esta chica ni le puso mensajes lascivos, ni acaban en cómo han tirado por tierra el reconocimiento de la psiquiatra. El único especialista en Psiquiatría que se iba a pronunciar en el juicio ha sido orillado porque las señoritas veían una agresión a su dignidad que las examinara.

»En nuestras desventuras y nuestra ruina judicial, hay una jueza sensata en este asunto (no voy a decir su nombre porque luego se fue y no siguió con el caso para mi desgracia), una mujer que desde el conocimiento y la imparcialidad dijo claramente: "Tenemos a diez testigos que trabajan en el centro que han manifestado que, en ningún momento, han observado comportamientos fuera de lugar del imputado. La compra de la píldora del día después (creo que entiende la jueza), ¿qué significa? Comprar la píldora no significa de ninguna manera haber sido violada".

»Luego hay una frase magistral de esa señora ante la que me quito el sombrero y a la que habría que hacer un monumento a la razón y al *savoir faire*, con perdón de la pedantería. Dice la jueza, y me lo lee el abogado en voz alta y hasta con un toque de emoción e impostada la voz para darle más solemnidad, la misma que me invade a mí tras la lectura de las palabras de esa mujer a la que me gustaría conocer algún día cuando todo esto pasara: "... no se puede enervar la presunción de inocencia del imputado con base en la declaración de una amiga a la que se lo contó la propia víctima y que no estuvo presente en ninguno de los acontecimientos relatados en la denuncia".

»¡Ole y ole y mil veces ole! Esta mujer sí es valiente, esta mujer se sabe sobreponer a las corrientes que la arrastran para decidir conforme al sentir forzado de la calle, forzado y empujado por todo tipo de grupos de presión, en una ola que es contraria al principio de igualdad, lo niegue quien lo niegue. Esta mujer sabe lo que es el principio de presunción de inocencia y qué elementos son esenciales para echarlo por tierra, para enervarlo (¡qué palabra tan bonita!).

»Dura poco la alegría cuando los elementos se ponen empecinadamente en tu contra y los dioses (como dirían los clásicos) se confabulan para hacerte la puñeta repetidamente; los abogados de las chicas insistieron en sus acusaciones e insistieron en su modo de ver la realidad: que no había contradicciones en el relato, que no había retractación, que esos hechos ocurren siempre en la intimidad y sin testigos y que las chicas eran unas trabajadoras incansables (¡una mierda!) y un modelo de conducta en todos los terrenos.

»En definitiva, que la jueza, con un par y con sabiduría jurídica y argumentos contundentes y claros, archivó la causa y los abogados presentaron recurso contra el archivo, en la Audiencia Provincial, y esta decidió reabrir el caso.

»No había manera de acabar con el calvario, la calle de la amargura se alargaba sin remedio.

XXII

Hoy, por primera vez, he ido a la prisión con los dos niños a ver a Alberto. Tenía dudas sobre si hacerlo o no. «Visita familiar», lo llaman, no «vis a vis» como le dicen a la otra, la íntima. Sé que ellos son listos y conocen perfectamente lo que está pasando, no se lo quiero ocultar, aunque no sé su reacción al encontrarse con la cruda realidad de frente.

Ayer, dándole vueltas a la visita, intentando inventar mil modos de afrontarla, no pude pegar ojo en toda la noche. Estoy machacada.

He intentado ponerme guapa sin pasarme, sin llamar nada la atención, que ya conozco lo que son esas salas de espera llenas de gente, digamos... rara, aunque ellos me verán rara a mí. Me he puesto el perfume que le gustaba a Alberto, con el que me conoció en Cuba, el que nos traía recuerdos de nuestras vacaciones y de aquellos días desmadrados, sensuales y felices.

No puedo evitarlo, al llevar a los niños conmigo no ha funcionado la estrategia imaginaria del hotel, el resort y las salas de masajes, las terapias acuáticas y los salones de belleza imaginarios. ¡Mierda!

El viaje ha sido silencioso y miedoso, como siempre, y los niños miraban por la ventana el paisaje desértico. Finalmente, llegamos al maldito Campos del Río, donde el secuestro de Alberto. Esta vez me ha dado por imaginar que una red mafiosa lo tiene encerrado en un sótano, equivocados, creyendo que es un negro famoso, un futbolista, un jugador de baloncesto o un músico de esos que andan triunfando en los primeros puestos de las listas. No saben que es un pobre cubano sobre el que se ha cebado la Justicia, al que no le han dejado ni presentar algunas pruebas que podrían haber sido esenciales en su defensa.

La mole carcelaria, con una torre de vigilancia en el centro, se alza en mitad de un descampado árido y seco, como el ojo del gato que lleva el título de estas memorias desgraciadas. No puedo acostumbrarme, es imposible. Otra vez me impacta la estética de la cárcel. En la sala de espera, donde aguardamos hasta que nos hacen pasar a las habitaciones familiares, hay unos gitanos hablando a voces. Yo me ajusto las gafas y cojo a los niños, como una gallina clueca bajo las alas. Intento protegerlos, aunque no sé de qué.

Vocean diciendo que la cárcel no sirve para nada y que todos los que hay dentro tendrían que estar picando piedra y haciendo carreteras, en lugar de estar ahí dentro tirados en los patios y trapicheando.

—¡Payo! —grita uno con voz aguardentosa—. Aquí no hacen na. Los nuestros no tenían que estar aquí, esto es solo pa los violadores. Nosotros hacemos nuestro trabajo, pero no violamos a nadie. Compramos y vendemos, y si alguien quiere farlopa o quiere caballo o quiere costo, pues nosotros lo buscamos y se lo vendemos, porque si no, se lo venderá otro. ¿Dónde está lo malo ahí pa que te endiñen los años de trena que les salgan de los cojones?

Nos llaman por fin. Y nos ponemos más nerviosos de lo que estábamos. La niña ya tiene respuesta a todas las preguntas que está haciendo desde hace días: «¿las puertas son de madera?», «¿los hombres allí van con cadenas?», «¿le puedo llevar a papá un llavero?». Y ha estado varios días mirando fotos de cárceles por internet. En el parking, al salir del coche, se extrañó al ver las concertinas —esos alambres enrollados con cuchillas—, y le salió del alma la pregunta.

—¿Esos alambres los ponen ahí para que nadie entre?

—No, mi vida —contesto yo con el alma encogida—, los ponen para que no salgan. —Y ella guarda un silencio prudente, aunque sé que sabe que es su padre el que no puede escapar de ahí dentro.

La decoración de la habitación familiar es parecida a la de visitas íntimas, pero no tiene cama. Barrotes amarillos en las ventanas, cortina verde destartalada, toallas raídas en el aseo con el letrero de «Centro Penitenciario», dos sillas de plástico, cinco sillones de escay negro y una lámina en la pared de un paisaje abstracto horroroso. Entramos nerviosas y enfadas porque a la niña le han hecho un chequeo espantoso, hasta la han obligado a quitarse una tirita de un corte que lleva en un dedo.

Hemos esperado media hora hasta que hemos oído, pese a estar encerrados y con la llave echada por fuera, la voz de Alberto por el pasillo. Cuando abrieron la puerta y entró, el reencuentro ha sido muy doloroso porque, hasta ahora —dos veces—, los niños solo lo habían visto a través de los cristales.

Un abrazo eterno, lágrimas..., los cuatro abrazados y llorando no sé cuánto tiempo. La temperatura no era agradable y, aun así, Alberto metió su mano por debajo de mi camisa y noté el tacto suave de su piel. Incluso —durante un segundo solamente— sentí que estuvieran allí los niños y no poder dar rienda suelta a mis instintos. Nos estuvimos besando todos como locos.

No era tiempo para hablar del proceso, de la gran putada de que hemos sido víctimas. Hablamos de Cuba, de su familia, que me tiene canonizada porque acogí a sus padres como si fuesen de mi sangre. Me preguntó por las noticias del periódico y ahí nos dimos cuenta otra vez de dónde estábamos, y de nuevo me surgió el odio hacia estas dos mujeres. Les deseé, por primera vez, que tengan la misma desgracia que ellas han hecho sufrir a mis hijos y que las sufran sus hijos y ellas. Casi una maldición bíblica que siempre habla de sus hijos y los hijos de sus hijos y así… durante muchas generaciones.

Él me cuenta, y los niños escuchan absortos, que se encuentra bien, que le han asignado un trabajo y hace de entrenador deportivo de otros presos —menos mal que se han dado cuenta de que es un hombre bien formado, atlético, normal y que no anda tonteando con drogas ni esas historias—. La única pega es que es el mayor del módulo y le han colocado en su habitación a un gitano bastante cerdo. No es racismo, que yo estoy casada con un negro y no soy sospechosa de ese estigma: el gitano no se ducha nunca, huele mal, eructa, se tira pedos —¡qué horror tener que contar esto!—, se ha inventado la terapia de comer tres cabezas diarias de ajos y, para colmo, no hay una noche en que no se masturbe. ¡Una joya ese muchacho! Como para hacer amistad y quedar con él cuando salga. Ser negro y extranjero —también en la cárcel— te hace estar en situación de inferioridad.

El niño permanece mudo, en silencio y como abstraído de ese ambiente malsano. La niña es muy coqueta, se ha puesto guapa, se ha cambiado la ropa de ir al cole, para que su padre la vea bien, e intenta controlar los nervios.

Alberto llora, abraza a su hija y le pide perdón por lo que ha hecho: «Perdóname, hija, por lo que hice», repite como un mantra, como las letanías de los antiguos rosarios en el colegio.

La niña se ha sentado en sus piernas, los dos se han quitado la mascarilla y a los cinco minutos andaba con esa manía de las mujeres, mirando si por algún sitio tenía una espinilla para quitársela. Él le besó los pies varias veces.

«¡Qué grande estás, hija! ¡Y yo que no voy a verte crecer día a día, maldita sea mi suerte o mi comportamiento! Qué sé yo a estas alturas», dijo mientras se le saltaban las lágrimas.

El tiempo ha pasado volando, un suspiro cuando estás a gusto y te olvidas de todo lo de alrededor. Ya se ha acabado la hora y media de visita. La despedida es horrible. Los niños lloran en silencio, pero sus lágrimas los delatan y a mí se me encoge el corazón. La pequeña se agarró a su papá y me costó separarlos. Nos dimos un abrazo ya a solas, cuando Alberto salió de la habitación para volver a su módulo. La niña ha estado toda la noche en mi cama, abrazada a mí y repitiendo: «Echo de menos a mi papá».

Vuelve el sentimiento de odio.

—Y esto es todo, Míriam, querida. No hay más ni menos tampoco.

»Las pruebas no presentadas; los mensajes escritos y los audios nunca se leyeron ni se vieron; la psiquiatra se quedó compuesta, esperando y sin mujeres a las que examinar porque era una agresión feroz a su intimidad; los testimonios de todos los compañeros de trabajo solo sirvieron para que, una jueza con un par, decretara el archivo, y la Audiencia estimara el recurso y ordenara abrir la causa de nuevo.

»Tengo que poner sobre el tapete más cosas, Míriam, pero el resumen rápido es ese. Se han cargado las garantías de que tanto presumen los estados modernos, democráticos y justicieros, y Alberto cumple diez años de condena y está encerrado con un gitano que no se lava, que se come tres cabezas de ajo cada día y se la pela por las noches incansablemente en la litera de arriba. Es triste, ¿no?

XXIII

Estoy para el desguace. El viaje, el sufrimiento por los niños, verlos cómo intentaban controlar sus emociones y no entendiendo qué hace ahí su padre, con narcotraficantes y ladrones, cuando él afirma una y otra vez no haber hecho nada delictivo. El desgarro de la despedida y otra vez el viaje de vuelta de ese sitio infame: Centro Penitenciario de Campos del Río. Ni había oído hablar de él hasta ahora.

Cuanto más recuerdo y más intento poner orden en todo lo acontecido, en un intento de entender la situación en que nos encontramos, más me sublevo y menos comprendo la actuación de un tribunal que, en teoría, se tiene que basar solo en evidencias que, como dijo la jueza del archivo, sean capaces de enervar la presunción de inocencia.

Es evidente que cuando la jueza de instrucción archivó la causa, y cuando una jueza decreta el archivo es porque no ve delito que perseguir, los abogados contrarios montan en cólera y se tiran derechos al cuello para volver hacia atrás ese archivo.

Nunca he visto decir más historias para no dormir por escrito; ¿puedo criticar a los abogados contrarios, o también eso es delito en un país en el que cuestiono cada día más la libertad de expresión y lo que llaman continuamente Estado de derecho?

Reprochan a la jueza que ella no es quién para archivar y que tiene que ser la Audiencia quien lo haga, cuando yo, que evidentemente no me conozco las leyes procesales, he visto archivos dictados por juzgados a porrón y papeles enterrados y cada uno a su casa. Establecen la necesidad —barriendo para adentro, evidentemente, que para eso son abogados de la acusación— de que emita un informe la clínica forense a la vista de la documentación del Centro de la Mujer. ¡Perfecto, leches! Piden muchos informes para salvar la papeleta, pero ellas se niegan a que las entreviste la doctora en Psiquiatría que propusimos nosotros y no pasa nada. ¿No es eso indefensión? ¿Tampoco es indefensión no inspeccionar el teléfono de las chicas para ver si el negro ha mandado o no mensajes? ¿No es eso imposibilitar que un hombre pueda defenderse de acusaciones que lo van a meter en la cárcel un montón de años?

Califican de erróneo el archivo del delito de agresión sexual. ¡Sí! Ese que no se pudo producir porque era imposible que dos personas de esa envergadura cupieran en el hueco que hay entre el volante, la palanca de marchas y el freno de un coche mediano, y el asiento del conductor y donde dijo estar la agredida, aunque luego se le escapara aquello de «Después volví a mi asiento». Solo tenemos en cuenta y hacemos hincapié en lo que nos interesa, claro. Lo demás lo obviamos corriendo un tupido velo.

Hablan y no terminan los informes y las declaraciones de los agentes de igualdad de la mujer; también me parece perfecto, pero omiten que la agredida más gravemente, Chus, nunca dijo ante esa agente que hubiese sido violada. Un olvido lógico, puesto que lo que olvida es algo intrascendente y que habría olvidado cualquiera. Hablan —me refiero a sus abogados, y los entiendo porque están cumpliendo su cometido— del magnífico trabajo que realizaban las dos, y eso se da de bruces con la realidad. Es directamente falso. Nada de magnífico trabajo. Solo hay que ver las quejas de sus compañeras y de sus superioras inmediatas, porque cuando decidimos su despido nadie había tenido noticia alguna de situaciones de acoso ni de agresión ni de nada que se pareciera. El acoso y la agresión salieron a la luz con el despido, y sin despido, ya lo he dicho más veces, no habríamos tenido caso. Ninguna de ellas era una trabajadora modélica, eso tiene que quedar claro.

Cada abogado trabaja por su cliente, puede mentir y retorcer los argumentos hasta lo indecible buscándose la vida para ganar el pleito. Es el sistema y funciona así. Estos identifican relación sexual, que la hubo —acordémonos del sitio imposible y de «Luego volví a mi asiento»—, pero relación sexual no es automáticamente sinónimo de agresión. Cuenta la violación una testigo de referencia —importantísimo, y ya hablaremos de eso despacio—, alguien que ni estaba, ni vio ni asistió ni nada de nada, y hablan de otro amigo, también testigo de referencia, que ni apareció «porque no quería problemas ni líos».

Compró la píldora del día después —potentísimo argumento—, pues la píldora puede comprarse por una violación o por mil relaciones consentidas cuando le haya dado la gana. En definitiva, solo es la palabra de una mujer la que sostiene la acusación más grave. Sola una palabra que no es, ni por asomo, imparcial ni objetiva ni nada que se le parezca. Ellas han podido acusar hasta cansarse y nosotros no hemos podido defendernos. Ese es el resumen final.

—Querida Míriam: aparece de golpe otro testigo esencial, que ya no trabajaba en el colegio, un elemento de cuidado, un extranjero de Europa del Este cuyo nombre ya ni recuerdo. Este hombre, que fue despedido también mucho tiempo antes, me odiaba sin que yo sepa el motivo y también se llevaba mal con Alberto. Era un personaje siniestro. Vivía en el colegio, costeado de todo: agua, luz, alquiler de vivienda..., un chollo. Se sentía el dueño y decía que yo tenía una serpiente dentro. Me perseguía y me lo encontraba de sopetón siempre en el sitio más insospechado (y no tengo ningún síntoma de paranoica). Tuvimos bronca por culpa de las vacaciones y supe que trabajaba fuera haciendo sus chapuzas, mientras estaba de baja, porque era muy manitas, y le puse un detective porque entendía que era un fraude al colegio. Tuvimos voces y, al final, conseguimos despedirlo pagándole, claro, porque todos los derechos son suyos. Este era el testigo imparcial, sin animosidad y sin ningún tipo de rencor que se ofreció a las chicas para lo que hiciera falta.

»En febrero del 2016, o sea, mucho más de cinco años después de los hechos, aquí tenemos a este señor diciendo que no tiene ningún interés en el asunto cuando ha llamado a Alicia para lo que haga falta, que lleva el mantenimiento y es conserje (habla en presente cinco años y pico después, o sea, que no lleva nada de nada) y que empezó a ver cosas extrañas.

»Cuenta que Alberto cogía de las manos a Chus para bailar bachata, que habló un día con Alberto de cómo le gustaban las chicas y él dijo que le gustaban como Chus, que le pedía el teléfono a Alicia para salir de marcha los dos, que Alberto y otro les decían que tenían que ir en camiseta de tirantes y que así se le veía el tatuaje a Chus.

»¿Sabes cuál es mi convicción? Mi convicción, solamente y así la expreso, es que fueron unas declaraciones preparadas en comandita, que el antiguo trabajador de mantenimiento se vengó a gusto por haber perdido trabajo, casa, agua, luz..., y para fastidiar al negro, que solo le faltó decir que estaba en el acantilado, junto al mar, presenciando también la agresión sexual aquella noche rijosa y nefasta. Además, al final de su declaración, y yo creo que eso la invalida por entero, reconoce que fue sancionado disciplinariamente por varios motivos, que negoció su despido y que llamó a las chicas para ofrecerse a declarar. Blanco y en botella. Rencor por mil motivos y modo de expresarlo, y de cobrarse la deuda, en su declaración.

—Itziar, la declaración de ese tipo, del que no guardo ni recuerdo, no creo que haya influido mucho. Se le nota a kilómetros su animosidad contra el colegio, contra las personas que siguen en él, y contra ti y Alberto especialmente.

»Solo apuntala lo que ya hemos dicho incluso nosotras, que Alberto es un tanto jeta, un bailongo, un señor con choque cultural entre lo que se estila en el Caribe y lo de aquí. Yo tengo claro que sí, que seguro que invitó a las chicas a ir algún día a no sé qué sitio, a bailar, y que insistió sin lograrlo en que tenían que bailar esas músicas "restregonas" en las que lo que menos importa es lo que suene por los altavoces. Yo tengo claro el tonteo que se llevaba y, siento decírtelo, porque tú lo tienes idealizado, y yo vuelvo a advertirte, por enésima vez, de que los hombres, hasta el más santo, todos, tienen un comportamiento delante de su mujer y otro bien distinto cuando están ellos solos, con los amigotes y ante mujeres que no son las propias.

»De todas maneras, el tonteo, el querer que fueran a bailar, el decirles que llevaran camiseta de tirantes y esos tejos tirados al vuelo, que si "me gusta la luna de tu tatuaje", que si "las cosas que yo haría contigo"..., pueden merecer un reproche de esta sociedad y una sanción. Eso está clarísimo, pero no son motivo suficiente para diez años de cárcel. Hay una norma en derecho, que yo no conozco al detalle, que se llama proporcionalidad entre lo hecho y el castigo impuesto. Y no tengo nada más que decir, que ya estoy bastante harta de todo este asunto.

—Que sí, Míriam, que sí, que estamos de acuerdo en lo fundamental, que yo al principio me resistía, pero luego hasta he admitido que Alberto, que es bastante jeta y que, con el rollo de la amabilidad y la simpatía y el Caribe y el cubaneo, se ha pasado algunos pueblos. Pero no es un violador. Y punto final.

»Mira, las denunciantes dijeron, las dos, que otras profesoras o monitoras habían sido objeto de acoso sexual por parte de Alberto, y la magistrada, que archivó, deja claro que eso no ocurrió porque diez testigos niegan haber visto nada similar. La misma jueza, cuando decreta el archivo, afirma que los datos esenciales de la denuncia han sido contradichos de forma categórica por quienes las denunciantes decían que los habían presenciado, o sea, que eran testigos directos de ellos. ¿Eso no vale? ¿Esta jueza no ve bien o son las otras personas las que ven más de la cuenta, las que ven interesadamente?

»Vale, Míriam, los testigos, los presenciales, dicen no haber visto nada de eso. De acuerdo en que los abogados de las chicas (entiendo que es su trabajo, liarla hasta lo indecible y sacar petróleo de donde no lo hay) buscan y buscan para encontrar mecanismos acusatorios o de defensa de la postura de ambas muchachas, de acuerdo. Los que trabajaban día a día con ellas y veían cada paso en el colegio no valen. Los que estuvieron en la comida y en el pub Objetivo no valen, aunque las vieron tontear y decir lo a gusto que estaban en el trabajo y cómo querían seguir y pedir que las ayudaran a prolongar sus contratos.

»Nadie los vio, porque se preocuparon bien de disimular (aquí yo misma veo lagunas, porque Alberto dice que salieron cada uno en una dirección disimulando y luego dicen que se fueron paseando a llevar a Alicia). Nadie los vio dejar a Alicia en su casa más tarde de las doce de la noche e irse juntos hasta el pub de los moteros. Nadie los vio meterse mano ahí y salir a seguir besándose y a darse el lote bien dado en el callejón contiguo, junto a los contenedores, pero ella no ha negado eso. No lo ha dicho porque no va a tirarse tierra encima, pero no ha sido capaz de negarlo.

»Lo que ocurre en el coche, cuando ella llevaba a Alberto hasta casa y pararon en el sitio desierto y frente al mar, solo ellos lo saben y ya se encargan los jueces de decir que son conductas que se observan en la intimidad, que no hay testigos y que la palabra de la mujer es testimonio suficiente para esa barbaridad que llaman "enervar la presunción de inocencia".

»Nosotros, que le hemos dado diez mil vueltas al asunto y que somos mujeres y hemos tenido relaciones con distintas personas, no solo con nuestros maridos, porque no somos monjas de clausura, sabemos que es imposible una violación (ella no ha hablado nunca de violencia ni armas ni amenazas) con una mujer de más de un metro setenta, corpulenta y sentada en el asiento del conductor y con un hombre de un metro ochenta y siete que se pone encima y la penetra. ¿Qué hacemos con el volante? ¿Qué hacemos con la palanca de marchas y el freno de mano? ¿Qué hacemos con el espacio imposible para contener esa masa, o sea, esas dos personas llevando a cabo una actividad sexual? No se pide una resistencia heroica, pero… ¿no hay ni un solo gesto mínimo de negación? ¡No caben, cojones! Y dejen ya de enredar y mentir, porque luego tenemos la frase mágica que ella suelta en su declaración, como quien no quiere la cosa, y de la que toma nota el funcionario escribiente y ella firma después como suya: "Se volvió a sentar en su asiento". ¡Claro, coño!, que es que la hacen hablar mal a una, toda una psicóloga y directora de un colegio de élite.

»Se volvió a sentar... Para volverse a sentar hay que haber estado sentado antes, hay que haberse ido a otro sitio y volver después, que el lenguaje es muy claro y evidencia perfectamente la realidad. ¿De dónde volvió? Muy fácil. De tener una relación íntima con él, donde sí podía tenerla, y esa posibilidad fue en el asiento del copiloto donde no estaban las dificultades del volante, la palanca de marchas, el freno de mano y otros estorbos. Ahí ya tenemos otro pequeño detalle, que el cambiarse de asiento indica voluntariedad (salvo que Alberto sacara una navaja o una pistola o algún otro objeto para amenazar, cosa que nadie ha mencionado y que ya es lo que faltaba para terminar con la sarta de mentiras que he oído en ellos los últimos años), además de la felación también voluntaria que declara Alberto y que le practicó antes de ser penetrada. ¡Joder! ¡Una abogada esto lo tenía que haber defendido y preguntado y aclarado! Hemos sido imbéciles no buscando a una mujer que supiera, que fuera valiente y que tuviera mala leche a raudales para saltar a la yugular de quien fuera.

»¿Has tomado nota de todo lo que he dicho de los testigos, aparecidos de última hora y llamados y puestos de acuerdo para fastidiar? (insisto en que nosotros hemos sido la percha de los palos en todos los terrenos y yo también tengo derecho a quejarme y a patalear, porque, de lo contrario, de comerme solita todos los cabreos, me va a salir una úlcera de estómago que me va a llevar a la tumba directamente desangrada).

»Tenemos una testigo fundamental, algo nunca visto en derecho. Yo hace muchos años fui a un juicio por un accidente de tráfico en Madrid en el que hubo un atropello con lesiones importantes de una persona que quedó prácticamente inútil a raíz del golpe. Yo iba sentada en el asiento del copiloto del coche que atropelló. Me acuerdo perfectamente como si lo estuviera viendo ahora mismo.

»El juez le pregunta a una "señora maruja" que había propuesto el lesionado, atropellado por el coche en el que yo viajaba al correr por la calzada para cruzarla cuando el semáforo de peatones estaba en rojo y el de los vehículos en verde:

—¡Señora! ¿Dónde se encontraba usted cuando tuvo lugar el atropello del señor Felipe Dosantos Tavares? —pregunta el juez, serio e inquisitorial.

—Yo no estaba allí —contesta la mujer, rauda—. Mi amiga Claudina, que es la mujer de Felipe, me lo ha contado todo con detalle porque yo estaba en su casa cuando nos avisaron de que su marido, malherido, estaba en el hospital.

—Es decir —contesta el juez con asombro—, que usted no estaba en el lugar del accidente, ni lo vio, por tanto.

—No, señor, no. Me lo contó Claudina con pelos y señales.

—Entonces no sé quién la ha llamado aquí —exclama el juez con cara de cabreo—. Puede usted retirarse, usted no es testigo de nada.

»Y no le preguntó nada, ni quiso saber nada de lo que le habían dicho que pasó porque no era una testigo que hubiese presenciado los hechos. Pero claro, cuando estamos juzgando a un negro cubano, la cosa parece que cambia y una chica que no vio nada, que no estaba allí, que no conocía ni el colegio ni a la gente ni la fiesta que hubo ni nada de nada de lo que pasó ese día o los anteriores, se convierte en una testigo fundamental.

»La chica se llama Vanesa Pérez y es peluquera (ya sabemos todos que las peluquerías son fuente de derecho y sitios en los que resplandece la verdad y la objetividad, porque todo el que pisa una y se sienta en el sillón de la peluquera es un científico consumado y acostumbrado a lo que llamamos verdad empírica).

»La peluquera manifiesta lo siguiente ante la jueza: que conoce bien a Chus y que es su amiga (cosa que en todas partes es también una garantía de objetividad), que la mañana del día 23 de diciembre del 2010 (y esto lo declara en junio del 2012, un año y medio después y con una memoria de opositor a notarías):

> ... llegó a la peluquería muy temprano, tenía muy mala cara y había mucha gente. Le dije que esperara dentro y, cuando la pude ver, me abrazó llorando y diciendo «Qué fuerte, qué fuerte». Le dije que me contara lo que había pasado, que no tenía mucho tiempo y me estaba asustando. Me contó que había estado de comida de empresa, que después habían estado tomando unas copas —omite que se fue de la comida al médico o a depilarse, como me dijeron, y que volvió después y se incorporó en el pub Objetivo.
>
> Que el marido de su jefa se ofreció a acompañarla a ella y a Alicia a casa y que luego él y ella se fueron en el coche de Chus y en el trayecto le dijo que parase —omite la larga estancia y los magreos y los besos y el filete desaforado en el pub Indian, y no dice nada de ninguna coacción ni violencia, iban juntos de buen grado. Y que conste que yo reconozco la teoría del «solo sí es sí» y que la mujer puede decir que no en el momento que quiera, no nos confundamos—. «No recuerdo dónde nos paramos» —dice que le contó, cosa que no parece muy cierta porque yo encargué un informe a una

agencia de detectives, que no ha servido para nada, y ella ha ido con su nuevo novio algunas veces hasta la rotondita que termina en el acantilado, no sé si a recordar viejos tiempos o como terapia catártica.

Entonces él la beso y ella correspondió al beso —o sea, que siguió en la misma línea en que estaba en el pub Indian del que no dice nada—. Primero correspondió al beso y luego se separó y le dijo que no estaba bien, que no la malinterpretara pero que no estaba bien —todo esto es la declaración de la peluquera de lo que su amiga Chus le contó—. Él insistió y ella se puso a llorar, diciendo que no recordaba bien, que empezó a besarla en el cuello, que tenía la cabeza apoyada en el cristal de la ventanilla y le decía que parase y que le dolía la pierna —y yo aquí tengo que insistir otra vez, le dolía la pierna porque dos personas de ese tamaño no caben en el espacio donde ella dice que estaba y por eso se cambió para volver luego a su sitio como declaró en el juzgado—. Que cuando se miró tenía las medias y las bragas bajadas —otra diferencia en lo que cuenta porque en su declaración dice, creo recordar, que le abrió las piernas y le bajó las medias y las bragas—. Entonces ella le dijo:

—¿Qué has hecho, me has follado y te has corrido dentro?

Y él le contestó riendo:

—Claro que sí, me he corrido dentro, pero no te preocupes, que no te vas a quedar embarazada —le dijo mientras se reía y le explicaba que su mujer había tenido problemas para quedarse embarazada, que habían recurrido a la ciencia y que no tenía que tomarse ninguna pastilla del día después.

Entonces yo le dije —continúa la peluquera contando—: «Me da igual lo que él te haya dicho, te tienes que tomar la pastilla y tienes que ir al médico y ojalá ese hijo de puta no te haya pegado nada».

»La peluquera insiste, conforme a lo que Chus le cuenta porque ella no vio ni asistió ni estuvo en nada, en que tenía la cara muy pálida, la pintura de los ojos corrida, un vestido corto con medias y botas (como ella suele vestir) y que estaba intranquila. Cuando le preguntan, ante la jueza, si le contó Chus dónde había tenido la relación, contesta: "Ella me dijo que siempre había estado en su asiento, delante, y que no se había movido del mismo". Otra vez la misma contradicción y no aparece para nada lo de "Me volví a mi asiento y me apoyé sobre el volante". Y que le insistió en que fuera al médico y pusiera una denuncia, cosa que Chus no hizo porque, de haber ido, el médico estaba obligado a dar parte de esos hechos a la Policía y eso no sucedió.

»Lo demás es lo que ya sabemos y a lo que muchos habéis dado credibilidad calificando a Alberto como un jeta caribeño —dice Itziar mirando a Míriam con cara de circunstancias—: que Alberto le insistía en que le diera su número de teléfono y en que se vieran fuera del trabajo, que cuando podía se le metía en el vestuario, que le decía cosas obscenas, que le besó el tatuaje en una ocasión, que una vez le puso las manos en los genitales y le dijo que eso era suyo, y que a partir de septiembre la dejó en paz una semana y empezó con su compañera Alicia. Ya sabemos esto y lo hemos oído, la teoría del jeta del Caribe.

»Esta declaración, en cualquier tribunal, no habría tenido lugar porque todo son afirmaciones sobre algo que no ha presenciado (entiendo yo que ya me estoy convirtiendo en abogada sin estudiar ni un código), cosas que me contó y me dijo, y para eso ya está la declaración de Chus, aunque hemos tenido oportunidad de comprobar la contradicción sobre los asientos donde estuvo.

»Además, querida Míriam, ya te contaré mañana u otro día (bueno, otro día no, porque soy yo la que arde en ganas de contártelo, porque me sirve a mí de terapia y porque todo lo que tú pienses me interesa sobremanera), ya te contaré otra investigación que he hecho sobre la peluquera y que no sé si, al final, me va a servir para algo. Debería servirme porque es una caña impresionante.

XXIV

—Míriam, ¿has terminado ya hoy tu sesión de psicodrama y psicoterapia, haciendo intrusismo en el colectivo de psicólogas y extralimitándote en tus tareas de la docencia del inglés? —pregunta Jorge, levantando la voz, cuando abro la puerta y entro a casa a la vuelta del colegio; encima, lo oigo riendo.

—Cariño, deja de reírte de mí, que no vengo de humor para muchas bromas. Itziar me cuenta que está hecha polvo y no sé cómo puedo ayudarla. Está revisando el proceso punto por punto y examinando todo lo que ha pasado como si fuera fiscal de la Audiencia Nacional o de no sé dónde.

»Dice, amargada, porque no soporta la ausencia de Alberto ni que esté pagando cárcel a porrón, pese a no ser un violador, que tiene constancia, porque se lo han dicho una a una y uno a uno los trabajadores del centro, que estas muchachas lo tenían todo perfectamente planeado para que las echaran del colegio y cobrar una pasta entre despido, indemnizaciones y demás. Ellas encontraron dos abogados buenos que supieron preparar el asunto para hacer daño y conseguir sus objetivos y mi jefa cogió a uno más burócrata y menos peleón que no consiguió nada, solo que lo condenaran.

—Míriam, esto es la vida. Unos ganan y otros pierden, aunque todo el mundo, cuando empieza la pelea, se cree que va a ganar. La vida, ahora me voy a poner filósofo, cada día es una sucesión de encuentros y desencuentros, de líos, peleas, satisfacciones, puñetazos bien dados y mentiras. Eso mismo, mentiras, porque yo lo veo todos los días, que la gente lleva una vida de cara a la galería y otra vida personal que solo da a conocer a una parte de su público. Hombres y mujeres son de una manera de cara a sus íntimos (sus parejas, por ejemplo) y luego se desmelenan cuando quieren o pueden, se desmadran, se sueltan el pelo cuando están en otro ambiente y vuelven, o lo intentan, tan tranquilos a su vida institucional y rutinaria, como si no hubiese pasado nada. Eso le ha pasado al cubano y eso le ha estallado en plena cara cuando las dos muchachas estas han sido puestas de patitas en la calle. Han aprovechado la coyuntura, se han subido a la ola de la defensa de la mujer, contra la que ahora no puedes luchar porque te engulle sin que puedas hacer nada, y han cobrado la pasta que pretendían. A lo mejor no tanta como pretendían, pero entre el despido y la responsabilidad civil y las gaitas gallegas se han llevado para costearse unas buenas vacaciones. Ese es el asunto y esa era la principal pregunta que ya se hacía Cicerón hace más de veinte siglos ante cualquier asunto: *Cui prodest?* («¿Quién se beneficia?»).

—Jorge, no me digas eso. Yo no tengo ninguna doble vida, una personal e íntima y otra de cara a la galería. Yo te cuento cada minuto y cada segundo, no miro a nadie. No me gusta nadie que no seas tú ni en el trabajo ni en la calle ni en ningún sitio.

—Pues serás la única, mi amor. Sabes de sobra que por mi trabajo (todo el mundo es un cotilla y los periodistas más) ando todo el día como puta por rastrojo, como vulgarmente se dice. De arriba para abajo oyendo unas cosas y otras, aventuras, desventuras, patinazos y barrabasadas hasta cansarme. Hasta el punto de que he perdido, incluso, el sentido de la curiosidad. Solo me importa aquello que voy a hacer, aquello sobre lo que tengo que escribir, y a lo demás no le hago ni caso.

»¿Tú sabes lo peligrosas que son las fiestas, las comidas y las cenas que algunos cretinos llaman "de empresa"? El ochenta por ciento de los hombres y un porcentaje muy alto de mujeres, que no me atrevo a cuantificar, van a esos festejos a ver qué les sale. ¿No se dan cuenta de que la fiesta y los vapores etílicos pasan al día siguiente y, si hiciste el ridículo, tendrás que seguir viéndole la cara a aquellos y a aquellas con quienes lo hiciste? Pues parecen no enterarse.

»¿Qué te quiero decir con esto? Que la cabra tira al monte, que todos somos iguales y que un momento de juerga o de placer hay muy poca gente que lo desperdicie, y que muchas veces, además del refocile, se utilizan los revolcones para sacar otro tipo de beneficios.

»Únicamente diré una cosa: el abogado que contrató tu amiga fue un blandito, demasiado correcto, demasiado respetuoso y malo, por tanto, que para ejercer la defensa en un caso así de espinoso hay que tener la mala leche a espuertas.

»Los abogados de las otras, mucho mejores, directos al cuello y sabiendo lo que buscaban. Los jueces..., no digo nada, que luego todo se sabe y no quiero buscarme más enemigos de los que tengo, pero... unos burócratas funcionariados y subidos en la ola feminista dominante. El negro, un jeta y un imbécil que no supo ver que no era que él estuviera muy bueno y apetecible en plan trancazo, sino que esas dos cazaprimos iban buscando lo que iban buscando y eso, a estas alturas, lo sabe hasta el más tonto de la clase, y él puede ser un negrazo de armas tomar, un gozón de la vida, un pinga dulce caribeño acostumbrado a repellar lo que se le pone por delante, pero aquí era el marido de la directora, el vicario del poder constituido, y ha sido utilizado por ello.

»El guiri del Este que testifica, un tío con ansias de venganza que la tiene guardada, la lleva a cabo cuando tiene ocasión y sabe que esta se sirve fría. ¿Cómo es que este tipo no tiene ningún interés ni animadversión si aparece voluntariamente y se ofrece varios años después? ¿No ha sido sancionado y despedido también del colegio?, ¿no le dijeron en su momento que tenía que pagar por tener a su hijo allí y decidió llevárselo a otro colegio distinto? ¿Nos tenemos que creer que no tiene animadversión al colegio y a la directora y a todo lo que él represente? Se ha demostrado sobradamente a lo largo del procedimiento y no ha servido para nada.

»La peluquera Vanesa, o como se llame, una amiga que se presta a lo que haga falta por su clienta. Y las dos elementas..., pues eso, dos tías bien dirigidas por unos abogados espabilados y que logran plenamente lo que andaban buscando.

»¿He hecho bien el resumen? ¿Estoy informado y al tanto? ¿Cuánto le han soplado por el despido y cuánta responsabilidad civil, independientemente de meter al negro en la trena?

XXV

—Lo de estas chicas ha sido lo más fuerte, lo más grave que yo he conocido nunca y que ha estado llevando como el culo (como dicen ahora los chavales), a cómo lo ha hecho el abogado de Alberto, me refiero. Me parece aún, cada vez que lo pienso, inimaginable. Cariño: estamos de acuerdo de la A hasta la Z. Solo el consentimiento expreso y claro autoriza una relación íntima, pero a ver cómo podemos tener constancia permanente de ese consentimiento, porque ya has visto lo que me dijo Itziar (en su calidad de psicóloga): estas chicas se han enredado ellas mismas en un bucle rarísimo, y con un punto importante de beneficio, y han retorcido la realidad hasta vender una violación que no fue.

»Es más, cariño mío, y ahora te voy a soltar la bomba de las bombas.

»Me ha contado mi jefa, muy en confianza, pero a ti te lo digo, que ha llevado a cabo una estrategia sibilina y muy inteligente para descubrir la verdad, y me quedé alucinada cuando me lo contó.

»¡Pásmate, cariño! Primero contrató a una agencia de detectives que no le sirvió prácticamente de nada. Luego, ya derrotada, Itziar, tras muchas batallas pero con ganas de defender aún su dignidad y peleando más allá de cualquier esperanza por su marido, en lugar de abandonar y lanzarse al desbarre, contrató a otros que apuntaron una luz nueva.

—Pero vamos a ver, Míriam. Que yo no soy abogado ni me interesa el derecho ni los juicios, ni las sentencias ni quienes las publican, tampoco las leyes, sino lo imprescindible para que, a mí, no me den más cornadas de las imprescindibles. Un detective privado no puede entrar en estos asuntos que son delitos públicos. Los delitos (atracos, violaciones, asesinatos..., o sea, delitos del Código Penal) no los pueden investigar los detectives. Solo la Policía y la Guardia Civil, que para eso están.

—Pues esa es la cuestión, cariño, que los hechos que me cuenta Itziar, que han descubierto los detectives que contrató, demuestran una sinvergonzonería total, y esa sinvergonzonería los jueces no la saben, y por eso, a lo mejor, han dictado la sentencia metiéndole al negro lo que le han metido, una condena de tres pares de narices.

»Itziar contrató a una agencia, y una mujer, detective ella, se fue a la peluquería de la tal Vanesa. Que si hoy me hago las puntas, que si mañana me hago unas mechas, que si luego me hago trenzas africanas y otro día un desrizado japonés no sé cómo. El caso es que, poco a poco, se hace colega de la peluquera:

—Pues estoy preocupada porque tengo una amiga a la que le han metido mano y ella no estaba muy conforme con el menda que le tocaba el culo y tal, y andamos con un lío de tres pares de narices y no sabemos qué hacer. Y la muchacha también está confundida a tope y a mí me pregunta y yo no tengo ni idea porque en mi vida me he visto en otra.

—¡Anda! —contesta Vanesa, la peluquera—. ¡No me jodas, tía! Yo he estado en un juicio de esos también. Es que yo no me privo de nada. Donde hay un follón, allí me tienes a mí en medio.

—¡No fastidies! ¿A ti también te metieron mano y no sabías si sí o si no? —insiste la detective, tirándole de la lengua—. Bueno, que levante la mano la que no haya tenido un rollo y luego se haya arrepentido y hasta le haya dado asco haberse enrollado con un tipo que luego le ha parecido un cerdo.

—No, a mí no me ha pasado. Ha sido a una amiga mía, que tuvo un rollo. Yo creo que iba pedo, o iban los dos..., pero, en el momento en que pasó, ella iba pedo y le decía que no. Bueno, no sé bien. Tanto monta, monta tanto. Era como un... ¿Qué es lo que he hecho? ¡Yo qué sé! A veces te ves envuelta en una movida —cuenta la peluquera que decía Chus que era de la que estaba hablando— que a lo mejor no lo tienes claro pero te dejas llevar, que tampoco lo entendía yo —insiste—, como otra cosa que no fuera eso.

—¡Esto es otra bomba! —dice Jorge, que atiende al relato sin pestañear—. O sea, que te ves en una movida y te dejas llevar. Eso se parece a una violación como un huevo a una castaña.

—Pero ¿lo hizo o qué? —pregunta la detective, que se sabe su papel a las mil maravillas.

—Vamos a ver, Paula, que tú pareces una tía lista. —La peluquera se suelta con confianza—. Este negro abusaba de su poder y se ve que estaba acostumbrado a las chicas. A las que tenía allí y le entraban por el ojo. Yo no lo interpreté como una violación. Simple y llanamente ella se dejó llevar por... las circunstancias, y que un lado suyo decía que no y el otro decía que sí, y ahora estaba arrepentida.

—¡Hostias! —salta de nuevo Jorge con evidentes signos de enfado—. Es lo que llevamos días oyendo, o por lo menos yo: que se deja llevar, se lo hace en el coche y de madrugada, y luego le viene la conciencia a reprochar que cómo ha hecho eso. Y ahí está la madre del cordero, pero esto es una violación lo mismo que los piscinazos que se pega Cristiano Ronaldo en el área son penalti.

—En definitiva, lo que te contó a ti es «que me he enrollado y estoy arrepentida». —Paula, la detective, se da cuenta de que ha encontrado hilo del que tirar y entra a saco.

—No exactamente, Paula. Decía que él había insistido mucho y ella le había dicho que no. Y luego comentó que le molaba un poco el negro, el marido de su jefa, aunque luego ella negaba haberme hecho ese comentario. Yo juraría que le dije: «No te metas ahí, no te metas en camisas de once varas». Es que lo tengo claro: si un hombre está contigo todos los días y no te ha dicho nada, y tú tampoco, y de golpe y porrazo, por muchas copas que lleves, una noche, en un círculo donde todos os conocéis, ese compañero de trabajo y el marido de tu jefa... Es que no entra en mi cabeza.

—Míriam, yo lo veo cristalino. El cubano iba salido como la madre que lo parió y se toma dos cubatas, y ella, que ya había dicho a su colega «que le molaba el marido de su jefa», ve la ocasión y piensa: «De aquí me saco además que este tío me apoye en el contrato. Y mato dos pájaros de un tiro». Si no hay despido, no hay denuncia, ni proceso, ni cárcel para el que se está llevando la peor parte. Que ya lo digo yo: tal y como se han puesto las cosas ahora, a mí los polvos —y suelta el muy capullo una carcajada para provocarme— me los tienen que pedir por escrito, firmados y con copia del DNI.

—Oye, Jorge, deja de decir sandeces, que todavía no he acabado de contarte.

—Yo creo —continúa contando Vanesa, confiada totalmente en Paula, a la que ve como una clienta fiel— que había tonteo, tonteo y algunas... A lo mejor más *bajica* de ánimo, el primer mochuelo que se te acerca y te dice: «¡Uyyy, qué guapa estás!». Y te apetece que te escuche, pues le empiezas... ¿Me entiendes lo que te quiero decir?

—O sea —insiste la detective, empeñada en pillar y grabando la conversación— que fue como voluntario.

—Que ella le había dicho que no y que yo la vi mal, pero no sabía hasta qué punto era el arrepentimiento por lo que había pasado —la peluquera se embala— o porque realmente no quería y la forzó, que su problema vino posteriormente porque siguió acosándola y ella, ya tajante, le decía que no. Es que son cosas diferentes.

—Pero... ¿crees que esa noche no pasó nada o qué? —La detective va a lo suyo y no suelta el bocado.

—Yo creo que él abusó un poco, aparte de que mi amiga es emocionalmente más débil. Por lo que yo le intuí, a lo mejor le gustaba y estaban tonteando un poco. Ella, dentro de su cabeza, sabía que lo que estaba haciendo no estaba bien. Le decía que no, pero a la misma vez se dejaba llevar. Estaba un poco... era un sí pero no. Estaba un poco... ufff... en el maremágnum ese. Y, cuando terminó, cuando le vino la lucidez, se dijo: «¡Ay, qué ha pasado!». Y le culpabilizó a él porque «yo le he dicho que no», pero a la misma vez ella se estaba dejando llevar.

—¿Esto lo saben los jueces, Míriam? Es que lo que me estás contando lo cambia todo, absolutamente todo. Primero, yo creía que el acoso, el rollo y el tonteo ya llevaban tiempo dándose en el colegio, y de lo que me dices, deduzco que empezaron esa noche y antes no había habido nada. O me lo explicaste mal o yo no me enteré, pero eso parece incluso menos importante a la luz de lo que cuenta Vanesa en su peluquería.

»¡Joder, es que ni hubo violación ni Dios que lo fundó, eso es una relación consentida y arrepentida *a posteriori*, y está más claro que el agua.

—Entonces... —la detective es una estrella, esta chica vale su peso en oro, sigue profundizando para dejar claro definitivamente el asunto—, ¿cómo es que Chus había participado activamente?

—Sí, y, por ejemplo, cuando yo hablé con su abogado y se lo conté, me dijo que yo estaba muy mal de la cabeza.

—¿Que el abogado te dijo que tú estabas mal de la cabeza? ¿Por qué? ¿Porque tú te lo tomaste como que se habían enrollado voluntariamente?

—Claro, claro. Yo se lo expresé así. De hecho, cuando me contó toda la película, yo me lo tomé así y le dije: «Bueno, pues por lo menos espero que la noche haya estado bien». ¿Sabes? Y entonces ella se rio y dijo: «Claro, tía». Y el abogado, cuando yo le dije eso, ¡me miró que casi me fulmina!

XXVI

—Itziar, llámame cuando tengas un rato, que salgo de la clase y voy a tu despacho, ya dejo a los chicos haciendo un ejercicio de vocabulario. Tengo que hablar contigo con cierta urgencia.

Itziar no ha terminado de aterrizar en su sillón y ya me está llamando. Salgo rápida porque yo también estoy en ascuas después de la conversación larga que tuve ayer con Jorge. Vamos a necesitar un abogado que nos explique este rollo envenenado, porque aquí hay muchas más cosas oscuras de las que parece.

—Mi marido, anoche, se cogió un rebote de mucho cuidado. Le conté la investigación que hiciste con la peluquera a través de una detective y se puso indignado hasta un límite que yo desconocía. Incluso me dijo: «Estoy a punto de dejar la cultura y escribir de esto en el periódico. Jamás he visto una indignidad de este calibre».

»Y acto seguido me preguntó si todo esto lo habías puesto en manos de los jueces, en su conocimiento de manera fehaciente, para que adoptaran medidas que deshicieran los entuertos gravísimos que aquí se han producido, que es que en este país parece que todo es formalismo y proceso y recursos y más formalismo y, en cambio, la verdad y los derechos de la gente se los pasan por el forro con tanto procedimiento. Y luego me dijo: "¡Qué verdad es eso que he oído en algún sitio de que en cada juicio te tienes que buscar un experto en derecho procesal para que te lleve a buen puerto!”.

»Claro, con el derecho procesal pones continuamente trabas y pegas para que las cosas no avancen, para que un papel no sirva, para que una declaración no sea tenida en cuenta, y llevas todo el tiempo el agua a tu terreno, como suele decirse. ¿Cómo se admite, como si estuviera allí una testigo que solo habla de oídas y es íntima de la víctima? ¿Cómo se admite a un tipo que ha tenido mil problemas en el trabajo, al que se le ha llamado la atención reiteradamente, que ha sido despedido, que odia a la directora y a su marido, que aparece años después como espontáneo para declarar y que dice que no tiene interés ni animadversión en el procedimiento? Una mujer con mala leche y colmillo retorcido, capaz de ir sin piedad al pescuezo, buena procesalista, eso nos habría hecho falta y eso es lo que no tuvimos, y la culpa creo que es mía porque yo escogí al abogado que llevó el caso.

—Míriam, ya no puedo más. Estoy al límite de mis fuerzas, a punto de derrumbarme y caer, pero para no levantarme más. Solo aguanto por los niños. Esto es el camino del calvario elevado a la enésima potencia. Es más de lo que puede aguantar un ser humano.

»He buscado otro abogado distinto y dice que va a presentar otra querella porque este procedimiento está plagado de irregularidades. A ver qué pasa.

—Mi marido me dijo anoche que, después de escuchar el relato que me hiciste de la peluquera, hay que ir hasta donde haga falta y que esta indignidad no se puede quedar así porque digan que no proceden otros recursos. Él no es abogado, nosotras tampoco, pero tiene que haber algún camino para exigir que todo lo dicho salga a la luz y, ese camino, tenemos que buscarlo.

—Míriam, estoy tan cansada, tan derrotada, que ya no sé si puedo pelear más. He contratado a otro abogado, ya no sé ni cuánto dinero llevo gastado en esto, para defender mi honor y el de mi marido y mis hijos. Sí, también el de mi marido. Me puso unos cuernos como la Giralda de Sevilla de grandes y se folló a esa chica, a Chus, como ella misma dijo en su declaración: «Me has follado», eso fue lo que dijo. Se la folló, y mira que me fastidia emplear este lenguaje barriobajero y que me repele, pero no la violó.

»¿Se entiende la diferencia? Follársela, con ella cambiando de asiento y volviendo al suyo después, como reconoce en su propia declaración. Habiendo pasado una noche bien, como reconoce a su amiga peluquera, riéndose y arrepintiéndose o entrándole la compunción después.

»Que ahora quiero, que ahora parece que no, que ahora sí y que ahora me arrepiento, solo tienes que mirar lo que le dice Vanesa a la detective Paula mientras le está haciendo las mechas y recortándole las puntas... ¡Es que estoy endemoniada! Eso no son diez años de cárcel, sin ver a sus hijos, durmiendo con un gitano apestoso en Campos del Río, un tipo que come ajos, que no se ducha y que se la menea cada noche en la litera de arriba. Y perdóname porque hasta el lenguaje taleguero, zafio y vulgar, se me está contagiando, que todo se pega menos la hermosura.

»Voy a tranquilizarme porque me va a dar un infarto, después de todo. Él me ha puesto los cuernos como tantos los ponen cada día en este país y no están en la cárcel, porque si todos los que follan fuera de la relación oficial estuvieran presos, no habría cárceles para tanta gente. ¡Mira, si no, esas elementas que te contó tu marido carcajeándose! Le contaron la película en su redacción: las colegas del abogado y la otra que se ventiló, a las primeras de cambio, al camarero en el Cabo de Palos! ¡Sí, sí, las devotas de la procesión de la Virgen de no sé qué! ¿Están esas condenadas? No. Pues Alberto sí lo está, condenado en la cárcel de Campos del Río, e hizo lo mismo que ellas. Eso que se llama echar una cana al aire.

»Que no puedo contenerme y nunca he sido así de grosera ni de mal hablada y todo eso se lo debo a la maravillosa justicia que disfrutamos en este país. Una justicia politizada, una justicia influida por las corrientes pseudoculturales, por los grupos de presión que empujan en la dirección que les da la gana, y una justicia de mierda, en definitiva.

—Itziar, por favor, no te amontones, serénate, que te va a dar algo. No te quiero llevar la contraria y estoy contigo, aunque solo sea en parte. Yo, después de todo lo que he visto y oído, de los relatos que me has contado con papeles encima de la mesa, de los propios compañeros, ¿se puede en este país criticar a los tribunales, aunque sean los más elevados, o no hay libertad para eso después de tanto como hemos peleado por ella? ¿Los tribunales son inmunes, intocables, excelsos?, ¿están por encima de la libertad personal? ¿Eso de la libertad y la igualdad es ya un lema oxidado que pusieron de moda los franceses hace siglos y ya no vale ni una mierda?

»Yo sé que Alberto no es un violador y que Chus no fue violada esa noche en un acantilado junto al mar. Ella no fue forzada, pero antes y después (tampoco tengo ya claro cómo tuvieron lugar los hechos) sí fue, con la otra, acosada por un negro cubano. Te hablo con toda la crudeza y con todo el cariño que te tengo, y con la obligación de ponerte los pies en la tierra.

»Mil veces lo hemos dicho en los días que llevamos hablando sobre este asunto tan triste y asqueroso, y creo que tú lo vas aceptando poco a poco. Alberto es un jeta que se ha pasado muchos pueblos, un ligón, un cortejador de todas las mujeres que se ponen en su camino, un caribeño que no ve problema en tirar los tejos a todo lo que le resulta atractivo... Pero todo eso no son diez años de condena, querida Itziar.

—Míriam, yo asumo eso que tú dices, pero no puedo dejar de revelarme cuando enloquezco una y otra vez repasando los acontecimientos y veo tanto desastre junto. En el informe de Paula, la detective, Vanesa, la peluquera, dice claramente que estuvo hablando con Chus y con su abogado y que cuando ella le dijo que por lo menos esperaba que la noche hubiera estado bien o que lo hubiera pasado bien, aludiendo a que ella había participado activamente, el abogado le dijo que estaba mal de la cabeza y la miró fulminándola. ¿Te acuerdas?

—Claro que me acuerdo, perfectamente —responde Míriam inmediatamente.

—¿Y qué hace un abogado de la acusación particular aleccionando a una testigo, que no ha visto ni una mierda y que solo habla de lo que la otra le ha contado?

»Los testigos tienen que decir la verdad, están obligados porque si no lo hacen cometen un delito de no sé qué. Si un abogado alecciona a una testigo, está infringiendo todos los códigos éticos porque está manipulando y adaptando o queriendo que cuenten la realidad a la medida de sus narices o de sus intereses. Pues el abogado de Chus, me contó la detective, quedó con Vanesa para preparar la declaración. ¿Quedó en su despacho a plena luz del día? No, señora, quedó de tapadillo, en el parking de un centro comercial... Es que estamos ante un despropósito tras otro.

—Es fortísimo lo que me estás diciendo, Itziar. Eso hay que denunciarlo ya —dice Míriam, indignada—. Esto no puede quedar así, como si no hubiera pasado nada y con el cubano tragando cárcel. ¿Eso lo sabe ese abogado nuevo que me dices que has buscado? Tendrías que cambiarlo por una mujer, hazme caso.

—Exactamente así, querida Míriam. Por eso estoy machacada, destrozada, rota, a pesar de que Alberto sea un jeta, aunque en ningún sitio haya visto que ser jeta conlleve diez años en Campos del Río.

»El propio magistrado, presidente del tribunal, discrepa de las otras dos magistradas y lanza un voto particular contra la condena por la violación. Y nadie le hace caso, son dos contra uno. Ni el Supremo investiga ni hace nada, serán las leyes procesales que lo impiden. ¡Yo qué sé!

»A este hombre yo le haría un monumento en un sitio emblemático de este país, porque lo que ha escrito es para erigírselo como reconocimiento de la sabiduría, de la independencia y del buen hacer.

»Este magistrado cita un montón de preceptos jurídicos, de Naciones Unidas, de Derechos Humanos, de nuestra Constitución... Deja bien claro que en caso de duda hay que estar a favor del reo. Defiende, de manera suave pero encarnizada, que hay que examinar todos los matices de las versiones de quienes inculpan y también la coherencia y firmeza de los testimonios y sus fisuras. ¡Hay fisuras, hostias, o al menos eso creo yo!

»Habla el hombre, un hombre, sí señor, un magistrado inteligente y valiente que se expresa sin miedo frente a los *lobbies* dominantes, y cuenta cómo no puede tener credibilidad quien pudiera tener un móvil de resentimiento "contra" o "de amistad con". Y eso está más que claro. Pone en duda, a mi entender, la verosimilitud de algún testimonio. Incluso critica claramente que la declaración de la víctima, por ejemplo, se pueda convertir por sí misma y automáticamente en prueba de cargo suficiente para condenar.

»Te digo, Míriam, que este hombre sabe mucho y no habla por hablar, porque siempre cita a altos tribunales y leyes consolidadas internacionalmente. La declaración de la víctima, afirma contundentemente el magistrado, no desvirtúa automáticamente la presunción de inocencia ni invierte la carga de la prueba.

»¡Joder! Siento ponerme y hablar así, pero estoy encendida, cabreada y con ganas de incendiar el universo entero. El que acusa debe probar, no es el acusado quien debe probar su inocencia. Lo que diga la víctima no puede darse sin más por probado, eso es lo que creo que dice este magistrado que sí sabe de qué está hablando.

»Existe "una situación límite de riesgo para el derecho de presunción de inocencia cuando la única prueba de cargo la constituye la declaración de la supuesta víctima del delito". Me entusiasmo cuando leo lo que este magistrado escribe, porque me lo ha dejado el abogado y lo he leído cien veces, y lo dice el mismo Supremo, que no ha hecho ni puñetero caso a nuestro recurso. Eso es un magistrado, eso es una persona competente, preparada e independiente al hacer sus valoraciones. Solo la declaración de la víctima, que denuncia la violación quince meses después de que se hubieran producido los hechos..., eso es lo que hace imposible la recogida científica de ninguna prueba. ¡Ninguna prueba! Y con ninguna prueba le meten a un negro cubano diez años de talego en Campos de Río. Pero el magistrado sabio (vamos a llamarlo así a partir de ahora) se carga de un plumazo la declaración preparada por la peluquera y la de todos los demás, aunque él sigue pensando que Alberto era un jeta y que sí hubo acoso. Hubo acoso, pero no violación.

»Habla este hombre de riesgo para la presunción de inocencia. Un riesgo extremo cuando la víctima inició el proceso y cuando ejerció la acusación particular, como ha sido en este caso. ¡Muchos años después de los hechos! No hay más prueba de cargo del delito que la palabra de quien acusa, no hay ninguna otra acreditación.

—¿Y no tuvieron ningún efecto todas estas consideraciones de un magistrado que, además, era el presidente del tribunal que juzgaba? ¡No me lo puedo creer! ¿Se limitaron a la mera matemática de dos contra uno? Aquí hay algo que no funciona o funciona muy mal.

—Pues así ha sido, Míriam, y hay todavía más porque ya te he dicho que a este magistrado hay que hacerle un monumento para que públicamente sea reconocida y admirada su sabiduría y su valentía y claridad al exponer sus argumentos.

»Hay mucho más, porque el magistrado se suma a lo que nosotros hemos dicho tantas veces indignadas. Hace referencia a la declaración de Chus cuando explica dónde estaba situada en el coche: en el asiento del conductor, con la cabeza recostada sobre el cristal; aunque el hombre no se da cuenta de cómo en su declaración en el juzgado habla de que "Volvió a su asiento". El magistrado lo tiene clarísimo y reflexiona sobre esos pocos datos: no se explica cómo pudo tener esa relación íntima en un vehículo de pequeñas dimensiones y en la que intervienen dos personas de constitución física potente.

»¡Míriam, eso es lo que llevamos nosotras diciendo un día detrás de otro! Y este hombre es jurista, es magistrado, es presidente de un tribunal y no han hecho ni puñetero caso a todas sus dudas mucho más que razonables. ¿Por qué no le han hecho caso? Por la ola que se ha impuesto de que la mujer tiene razón y lo que diga una mujer va a misa. Y yo insisto, que soy mujer: tenemos derechos, tenemos razón muchas veces, hemos sido preteridas durante siglos, se nos ha tenido como un cero a la izquierda. Todo eso es verdad, pero esa gran verdad no hace que no pueda haber mujeres que manipulen, mujeres que mientan o mujeres que, sin pretender mentir, retuerzan la realidad, incluso inconscientemente, para preservar su equilibrio y su bienestar psico-físico como creo, que es el caso.

—Querida Itziar: tienes más razón que un santo. Yo también soy mujer, yo también he tenido relaciones sexuales en un coche, no me da reparo confesarlo aquí y ahora. Sé de qué estoy hablando. Y tú seguro que también las habrás tenido, y todas las hemos tenido, porque la canción de lo «difícil que es hacer el amor en un Simca 1000» de hace cuarenta años se creó y tuvo éxito por algo. Todas hemos hecho el amor en un coche, pero ninguna sentada en el asiento del conductor, porque es imposible. Como también es imposible que te quiten la ropa en esa posición, ya no digamos si hay una mínima oposición, y que además haya penetración. Que el magistrado lo expresa muy bien, pero nosotras, que no somos jueces ni magistrados, nos tenemos que expresar diciendo tacos para soltar la rabia.

—Ya no te doy más la paliza, querida mía. Has aguantado bastante. Me asombro ante este señor al que solo vi de lejos en el juicio y del que no sé nada, pero, como dice el Evangelio, «por sus hechos los conoceréis», y los hechos de este caballero son para quitarse el sombrero y ponerse incluso de rodillas. Este hombre, inteligente y honesto, como salta a la vista en su razonamiento, hace las preguntas que tuvo que hacer y en las que tuvo que insistir el abogado defensor a lo largo de todo el procedimiento, y que yo, al menos, no vi.

»Solo hay un dato objetivo, dice el magistrado: la compra de la píldora del día después. Eso también lo hemos hablado nosotras, pero la compra solo acredita que tuvo relaciones y Alberto admitió haberlas tenido, pero consentidas y colaboradas.

»¿De qué sirve para el magistrado-presidente la declaración de Vanesa, por lo que me cuenta nuestro abogado?, ¿de qué vale su opinión cualificada? De nada. Declara más de un año después de los hechos, declara de oídas, y el presidente añade una matización que demuestra su inteligencia y en la que ni tú ni yo habíamos caído después de dar mil vueltas sobre este asunto escabroso y vomitivo: no es creíble que dos amigas íntimas no volvieran a mencionar el tema nunca más, aunque fuese de manera esporádica y sin entrar en detalles. ¡Cuánta razón tiene el magistrado! ¿Te han violado (algo tan grave y determinante como eso) y lo hablas con tu amiga íntima solo una mañana y ya está? No es creíble, dice este hombre, como diría cualquiera que tenga dos dedos de frente.

»También tiene el magistrado otra referencia aguda para Vanesa, aguda y acertada: no aporta ningún dato relevante y solo dice lo que le cuenta Chus, y eso lo hace un año después de acontecidos los hechos. La lejanía en el tiempo a la hora de denunciar un hecho tan grave como es una violación repugna a cualquier mente mínimamente amueblada.

»¿Iba borracha la víctima aquella noche? ¿Había bebido mucho? Nosotros ya sabemos que dejaba las copas enteras en el pub Objetivo, pero Vanesa, su amiga peluquera, deja claro que no vio en ella ningún signo de que hubiera bebido. Queda claro también, a cualquier observador medianamente capacitado, que si a las tres de la mañana estás bebido, a las diez de la mañana no estás sin ningún signo de haberlo hecho. Te queda la resaca sin duda alguna.

»Podemos entender la tardanza en denunciar, como explica el magistrado-presidente, porque tenía miedo a perder su trabajo, aunque yo personalmente, mujer del negro cubano y directora del colegio, no lo entienda, por lo que ya he dicho mil veces, pero… ¿es posible creer que olvides esa violación en la visita al Centro de la Mujer cuando le cuentas todas tus peripecias y la angustia tremenda que sientes a la señora que te escucha allí?

»Tiene el magistrado-presidente, me vuelvo a descubrir ante él por su minuciosidad en el trabajo y su capacidad de análisis, un punto de crítica para sus compañeras de estrado. Un dictamen pericial psicológico no constituye un documento que evidencie la veracidad de una declaración testifical. Puede ser un valioso elemento complementario de valoración, no más. Dice el magistrado sabio que los dictámenes periciales sobre credibilidad de un testimonio expresan la opinión valiosa de quien los emite, pero no desvirtúan la presunción de inocencia si el tribunal no ha obtenido una convicción condenatoria ausente de toda duda razonable. Las evaluaciones de los técnicos, que carecen de certeza absoluta, no son absolutamente determinantes.

»El informe de los peritos (así de claro hay que hablar, señor presidente) no aporta nada respecto de la comisión de un delito de agresión sexual y se extralimitan al afirmar que la declaración de la señora es veraz. Tiene serias dudas, este magistrado, como las tenemos todos los que miramos este turbio asunto intentando ser mínimamente objetivos, de que la relación sexual sucedida entre Alberto y Chus fuese en contra de la voluntad de ella. Otra cosa es el abuso posterior, deja claro el juez, y con serias dudas no se puede condenar.

—La verdad, querida Itziar, es que lo has explicado tan bien, has clavado tan extraordinariamente la opinión, el conocimiento y la sabiduría de este señor, que no queda otra opción que estar de acuerdo y quitarse el sombrero, como tú has dicho varias veces.

—Míriam, te agradezco que me atiendas, que te pegues la paliza escuchándome. Me ayuda infinitamente esto que haces, aunque ni tú ni nadie me pueda aportar solución alguna para esta situación de hundimiento en la que estoy sumida. Yo y mis hijos, que esto no es un problema individual.

»Lo que ha dicho este hombre, el magistrado, es un análisis monumental de una situación kafkiana que nadie entiende. ¿Qué puedo yo hacer ahora cuando ni el propio presidente del tribunal ha conseguido que su opinión sobre el asunto sea la que pese a la hora de dictar sentencia varios años después de los hechos?

»Encima, me ha dicho el abogado que según el tribunal hay que tener cuidado con no decir nada, porque hay datos muy íntimos y hay que ser muy precavido para no ofender ni vulnerar no sé qué derechos esenciales. ¿No ofender? ¿No vulnerar? ¿Datos de la intimidad? ¿Quién protege la mía y la de mis hijos? A mí me han jodido el colegio, me han jodido la intimidad, el prestigio personal, y el buen nombre. ¿Quién me protege a mí? ¿Quién me ayuda a superar la angustia infinita que todo esto me produce, salvo contártelo a ti y gritarlo a los cuatro vientos?

»Yo no soy escritora, soy psicóloga, pero si supiera escribir, lo haría. Contra viento y marea, contra todo y contra todos y contra nadie. Tuve un arranque de odio aquel día que fui al vis a vis, mientras recorría los secarrales de vuelta de Campos del Río, atascada como siempre en la circunvalación de Murcia, que es un embotellamiento eterno. Ese día odié a las dos chicas, pero ya se me ha pasado, porque odiar no es mi estilo. Contar toda esta infamia y esta indefensión, sí. Y si por eso me quitan el patrimonio y me llevan también a la cárcel, le encargaré los hijos a mi hermano y entraré feliz con la conciencia de haber hecho lo que debía. Ya tiene gracia que hablen de sus derechos y los valoren en no sé cuánto, mientras que los abusos los han valorado en tres mil euros y la violación en seis mil. ¿Eso vale una violación? Pues no sería tan grave.

»La desesperación parece ser mi único camino y no veo otro, al menos por ahora. Como dice la sabiduría popular, parece que me ha mirado un tuerto, que es el resumen que el pueblo llano hace del mal de ojo, de la maldición permanente contra la que no hay manera de luchar. A mí (por ahora, no veo otra verdad más clara) me ha mirado el tuerto, el gato tuerto. En él empezó todo y en él terminará.

XXVII

—¡Jorge! ¿Te queda mucho para dejar de picar piedra en tu oficina y venir ya para casa? —No he podido reprimir las ganas de hablar con él de tantas cosas como han salido a la palestra en la conversación con Itziar. Tantas cosas que me hacen dudar de todo, de la Justicia, de los derechos, de los tribunales, de la seguridad jurídica... ¡De todo!

—Cariño, estoy terminando un escrito para mañana en la sección de Cultura, que es la mía y con la que mantengo a esta familia.

—¡Anda, déjate de bobadas, que yo también aporto mi montón de arena, mucho más que un grano, a ese mantenimiento familiar, y vente para acá porque he hablado con Itziar y estoy de los nervios!

—Mira que me cae bien esa mujer, mira que la veo inteligente, seria y equilibrada, pero entre las dos creo que vais a terminar conmigo, o voy a acabar en algún sitio que ni mencionar quiero. Voy ahora mismo y me cuentas.

—Yo ya no sé qué decirle a mi amiga, me tiene mártir con sus razonamientos y sus investigaciones, que, por otra parte, son impecables. No sé si estamos entrando en eso que llaman los psiquiatras una *folie a deux* y compartimos obsesiones, paranoias e ideas fijas de forma automática las dos.

»Ella está en un bucle diabólico del que no sabe salir, y lo malo es que tiene mucha razón, porque me ha convencido, con las evidencias que maneja, de que ha tenido lugar una tremenda injusticia con el jeta de su marido: es un acosador, es infiel porque si fuese fiel no sería cubano —intento una mínima gracia porque por dentro estoy en ebullición— y está en estado permanente de caza contra todo lo que se mueve a su alrededor, pero no es un violador.

»Itziar contrató a unos detectives privados, como ya te dije, y también a otro abogado que le ofrecía más confianza. Se está dejando su patrimonio en la defensa de Alberto y me resulta imposible calibrar cuánto lleva gastado en este asunto. Una pasta.

»Los detectives..., bueno, una chica lince llamada Paula, le sacaron a la peluquera algunos datos importantísimos: ponía en serias dudas la violación, hablaba de que sí y de que no, de que andaba dudando, de que se arrepintió luego y de que le dijo que por lo menos esa noche se lo habría pasado bien, con la consiguiente mirada fulminadora del abogado. ¿Qué hacía, por cierto, el abogado de las chicas denunciantes compinchándose con una testigo y quedando con ella de tapadillo? ¿Eso está permitido?

»Partiendo de estas investigaciones, el nuevo abogado ha presentado denuncia por falso testimonio, es decir, por mentir en los tribunales. Esa mentira no es una cosa sin importancia (raramente admitido el testimonio de quien habla solo de oídas y no ha visto nada en primera fila) porque ha propiciado la condena del cubano.

»La cosa es que presenta la denuncia por la mentira, que yo no sé el camino que eso recorre, y ayer Itziar estaba supercabreada porque, después de tenerla en un cajón no sé cuánto tiempo, la han desestimado y se han negado a investigar. ¡Tiene cojones la Justicia! Parece ser que le han argumentado que esa chica habla de recuerdos y que hace mucho tiempo que todo eso pasó, o eso me dice Itziar, y tampoco sé qué credibilidad darle porque estaba hecha polvo.

»¡Y, hombre, claro que hablan de recuerdos de hace años! ¡Lo mismo que en el juicio, que tuvo lugar siete u ocho años después de que ocurrieran los hechos! Aquí todo el mundo habla de recuerdos debidamente cocinados en la propia cabeza para la tranquilidad y el equilibrio psíquico de la cocinera, como dice Itziar.

»En fin, que no han admitido la denuncia por falso testimonio y Alberto sigue en la cárcel por lo que llaman los abogados "un delito imposible". Y, mira, después de lo que sé, me hago cruces de que esto haya llegado hasta donde ha llegado.

»Itziar está en bucle y eclipsada. No sabe qué hacer. Muchos le insistimos en que deje todo como está, en que deje de arruinarse y pare ya la lucha que no le ha llevado, por ahora, a ninguna parte, pero ella está desconcertada y con el rollo de "Tengo que defender a mi familia". Ahora se plantea, por un lado, recurrir al Tribunal Constitucional ese denegación de investigar el falso testimonio, por más que muchos le dicen que el Constitucional la va a mandar a paseo. Por otra parte, se empeña en pedir, otra vez por medio de abogados y de gastar más dinero, el tercer grado para Alberto.

—Míriam, cariño, estás entrando tú en el mismo bucle que ella. En definitiva, estáis dando coces contra el aguijón y solo os podéis hacer daño a vosotras mismas porque el mecanismo judicial, esclerótico e impersonal, es muy potente. ¿Cómo vas a plantear un recurso al Constitucional protestando porque no investigan una mentira, y te dan la razón a ti, y por otro lado vas a pedir el tercer grado y los permisos para el cubano? Son movimientos contradictorios, porque para pedir el tercer grado y los permisos que decís, además de otros requisitos de tiempo cumplido y tal, hace falta que el negro entone el *mea culpa*. Tendría que reconocer el delito, tendría por tanto que asistir a los cursos de agresores sexuales y también demostrar voluntad cierta de no repetir esa conducta agresora.

»¿Cómo se come presentar un recurso, por un lado diciendo que la Justicia ha actuado mal y te ha causado indefensión, y por otro pedir el tercer grado y los permisos carcelarios reconociendo que has violado y que estás muy arrepentido y has hecho los cursos para rehabilitar agresores sexuales? ¿No ves la contradicción flagrante?

»Yo os veo enloquecidas a ambas, aunque tal vez la palabra es inadecuada y demasiado fuerte. Voy a ralentizar mi trabajo en Cultura procurando que no se note mucho y creo que voy a escribir sobre esto porque este caso tiene una novela. A Itziar la ha mirado un tuerto y a ti también. El gato tuerto os ha echado mal de ojo con toda seguridad. ¡Ya tengo el título!: *La maldición del gato tuerto*, así se va a llamar.

AGRADECIMIENTOS

Por fuerza tengo que agradecer la ayuda que me han prestado muchas mujeres, leyendo esta obra y dándome, todas ellas, sabios consejos para su hechura y terminación. Sin ellas, con toda seguridad, esta novela no habría sido ni la mitad de buena.

Gracias a Mónica Moreno Fernández Santacruz, letrada del Congreso de los Diputados. A Mónica Nombela, una fiera jurídica, dulce, seria y un pozo de sabiduría. A Dolores Rubio Rodríguez, letrada llena de sentido común y de ciencia jurídica. A Mari Cruz Soriano, periodista, escritora y mujer a la que no puede uno leer ni escuchar sin enamorarse. A Francisca de Castro, jefa de la Abogacía de la Universidad Miguel Hernández, gran jurista, una especie de hermana pequeña con la que me unen muchos años —no diré cuántos— de amistad y amor imperecedero. A Laura Conesa, cartagenera licenciada en Historia del Arte, una mujer excepcional en belleza y sabiduría. A Ángeles Tena, jurista del Cuerpo Técnico de Prisiones, extraordinaria mujer y excepcional trabajadora, treinta años de amistad nos unen indisolublemente. A Hosanna Rodríguez, abogada cubana que me monta una fiesta en menos de lo que tarda en persignarse un cura loco. A Victoria Casanova, letrada ilustre a la que quiero desde siempre como a un antiguo colega de la mili.

A Marta Robles, de la que no puedo decir nada, enamorado como estoy —pedazo de pibón que escribe como

Dios—. A Mercedes Castro, letrada también —no será por abogadas que me defiendan—, editora y correctora feroz, que apalea mis libros, me da broncas y me deja, a mí y a lo que escribo, como nuevo. A Luz Sigüenza, mi amor platónico desde hace veintiséis años, mi colega de radio, la que me va a poner una colchoneta en el garaje de su casa en el campo cuando me tenga que recoger arruinado. A Alicia Buendía, que con su sabiduría y encanto murcianos me ha dado un punto de bien hacer literario. A Carolina Roca, fotógrafa, autora del milagro. Incluso me ha sacado guapo (dicen).

Gracias a todos estos amigos. Es un disfrute eterno tener tantas amigas amorosas que te quieren y te echan un cable cuando te metes en berenjenales.

También es un privilegio ser amigo de Gregori Dolz Kerrigan, editor ilustrado que siempre acoge mis libros como un hermano consentidor y un crack. Gori es el único caballero que figura en estos agradecimientos, pero no iba a poner amigos y amigas, a mí no me gusta ni practico ese rollo tontuno de lo que han dado en llamar «lenguaje inclusivo». Soy amante del español clásico. La vida merece la pena cuando se vive rodeado de esta gente maravillosa.